GABI P.

Tiffy und Dusty entdecken das Regenbogenland

Abenteuer hinter der Regenbogenbrücke...

Über die Autorin

Gabi P. wurde 1958 in einer kleinen Stadt im Sauerland geboren. In den ersten Jahren ihrer Kindheit wuchs sie liebevoll behütet bei ihren Großeltern auf, bis sie durch den Egoismus und die Eitelkeit ihrer Mutter getrieben aus ihrer vertrauten Umgebung, ihrer Heimat und dem sozialen Umfeld herausgerissen wurde. Von einer Stadt in die andere, von einer Schule in die nächste verlief ihr junges Leben in höchst unruhigen Bahnen. Immer wieder fand sie jedoch Rückhalt im Hause ihrer Großeltern. Bei ihnen schaffte sie es schließlich, ihre innere Ruhe zu finden und zu einer fröhlichen jungen Frau heranzuwachsen.

Heute lebt sie zusammen mit Mann und Hund in Rheinland-Pfalz.

GABI P.

Tiffy und Dusty entdecken das Regenbogenland

Ein Abenteuer hinter der Regenbogenbrücke...

Bibliografische Information der Deutschen Nationalbibliothek:
Die Deutsche Nationalbibliothek verzeichnet diese Publikation
in der Deutschen Nationalbibliografie; detaillierte bibliografische Daten sind im Internet unter dnb.dnb.de abrufbar.

Herstellung und Verlag:
BoD – Books on Demand, Norderstedt

ISBN: 978-3-750-42553-8

Engel kommen auf leisen Pfoten,

sie sind Freunde, Gefährten und Friedensboten.

So sicher wie Hunde bellen und Tauben gurren –

So sicher steht fest:
Engel schnurren!

Zur Erinnerung an

Tiffy, Dusty und Einstein,

meine drei Samtpfötchen im Regenbogenland

Über dieses Buch

Sicher hat sich der eine oder andere schon mal gefragt, was mit unseren geliebten Samtpfötchen passiert, wenn sie ihr Erdendasein beendet haben und über die Regenbogenbrücke gegangen sind.

Wir sind dann sehr traurig und verzweifelt und vermissen unsere kleinen Freunde sehr.

Genau so erging es auch mir, als ich meine Samtpfötchen gehen lassen musste.

In meiner Trauer dachte ich mir, was wäre, wenn es am anderen Ende der Regenbogenbrücke einen neuen Anfang für all unsere kleinen Freunde gäbe.

Und so wanderten meine Gedanken mit Tiffy, Dusty, Einstein und vielen neuen Freunden in neue Abenteuer im Regenbogenland…

Ein kleines Tröstebuch

Erstes Pfötchen

Was ist denn jetzt los?

Tiffany öffnete ihre wunderschönen blauen Augen und sah sich verwirrt um.

Was war nur passiert? „Wo bin ich?" Sie saß auf einer großen Wiese mit herrlich duftenden Blumen.

„Hallo!! - Herzlich willkommen", sagte da plötzlich jemand. Als Tiffany sich umdrehte, blickte sie in ein Paar bernsteinfarbene Augen.

„Mein Name ist Einstein und ich habe dich bereits erwartet."

Tiffany, ein sehr schüchternes Katzenmädchen, wollte davonlaufen. „He, wo willst du denn hin? Hier geht's lang. - Du brauchst vor mir keine Angst zu haben. Ich bin hier, um dich zu begleiten."

Tiffany verstand nicht recht. „Wo bin ich nur, und wohin sollst du mich denn begleiten? - Und wo sind Frauchen und Herrchen? Und wo ist Dusty, mein Bruder? Was ist denn nur passiert?" Tiffys Verwirrung wuchs.

Sie hatte eine Menge Fragen und war noch sehr verängstigt.

Ihr Gegenüber - Einstein, eine wunderschöne rot gestromte Perserdame, sah Tiffany mit ihren bernsteinfarbenen Augen geduldig an. Sie wirkte fast majestätisch in ihrer Ruhe, wie sie so da saß und den völlig verwirrten Neuankömmling mit unverhohlener Neugier ansah.

„Sei ganz ruhig, kleine Tiffany. Es ist alles gut. Ich bin hier, um dich über die Regenbogenbrücke zu begleiten. - Schau nur ganz genau hin. Da vorne, da kannst du sie sehen!"

Tiffany sah in die Richtung, in die Einstein mit ihrer Pfote gedeutet hatte und da war sie: die Regenbogenbrücke.

Sie war unglaublich schön. Riesengroß, in kräftigen, leuchtenden Farben, und am anderen Ende der Brücke, das Tiffany deutlich erkennen konnte, schien ein sehr warmes Licht. Tiffany hörte außerdem viele fröhliche und lachende Katzenstimmchen. - Einige davon kamen ihr sogar irgendwie bekannt vor.

„Du sagst, du bist hier, um mich über diese Brücke da zu begleiten?", fragte Tiffany noch immer verwirrt. Einstein nickte stumm.

„Werden mein Frauchen und mein Herrchen denn auch dort sein und mich abholen? Weißt Du... ich vermisse sie nämlich so sehr. Besonders mein Frauchen. Man kann so toll mit ihr kuscheln und schmusen. Ja, und sie hat es doch so gerne, wenn ich ihr ein Kussi auf die Nase gebe…"

„Ach, wo ist sie denn nur?", Tiffany wirkte fast verzweifelt. In der Hoffnung, ihr Frauchen zu erblicken, reckte sie ihr Köpfchen, um besser Ausschau zu halten.

Einstein sah sie ruhig und verständnisvoll an. „Ich weiß, ich weiß. - Sag, du erinnerst dich nicht was passiert war?", fragte sie den Neuankömmling. Tiffany überlegte einen Moment. „Nein… nein, ich glaube nicht, - oder vielleicht doch? Warte mal… irgendwie…da war doch was?"

„Also ich erinnere mich, dass ich mich gar nicht gut gefühlt habe. Ich hatte sogar richtig große Schmerzen. Und traurig und verzweifelt war ich auch. Und da waren so viele fremde Menschen, vor denen ich ganz große Angst hatte! Daran erinnere ich mich."

Einstein nickte zustimmend. „Richtig. Genau so war es. Schau her, hier kannst du sehen, was passiert ist. Einstein deutete auf einen großen Tautropfen, einer von vielen, die auf dem Gras lagen und in denen sich das Sonnenlicht brach. Sie tippte ihn mit ihrer Pfote an und Tiffany konnte in ihn hineinsehen, so wie in eine Kristallkugel. „Oh!", sagte sie staunend.

Und dann sah Tiffany, wie sie auf dem Behandlungstisch einer Tierarztpraxis lag. Ihr Atem ging stoßweise, und jeder Atemzug bereitete ihr große Probleme.

Und überhaupt hatte sie überall sehr schlimme Schmerzen. Eine Tierärztin bemühte sich sehr um sie. Tiffy sah Schläuche, die an ihrem Hinterpfötchen befestigt waren und sie mit Medikamenten versorgten.

Und sie sah ihre geliebten Menschen, die bei ihr standen, sie streichelten und mit der Ärztin sprachen. Frauchen weinte die ganze Zeit und redete ihrem kranken Katzenkind beruhigend zu.

„Was ist denn da los? Wieso liege ich denn da und weshalb weint mein Frauchen denn so?", wollte Tiffany verwirrt wissen.

„Dein Frauchen ist sehr traurig, weil du krank bist, oder besser gesagt, krank warst, und sie nun eine schwere Entscheidung treffen muss, die ihr sehr weh tut", erklärte Einstein.

„Weißt du, dein Leben auf der Erde nähert sich dem Ende. Sie weiß, dass sie dich nun gehen lassen muss, damit Du über die Regenbogenbrücke gehen kannst. Und das ist schwer, denn sie wird dich für eine lange Zeit nicht mehr sehen können."

Tiffany wirkte nun sehr bedrückt. „Du meinst, ich soll über diese Brücke da ohne mein Frauchen oder mein Herrchen, und ohne meinen Bruder gehen? Das will ich aber nicht! Auf gar keinen Fall!"

Tiffany war entrüstet, ja sogar richtig trotzig.

„Warte, warte." Einstein hob beschwichtigend ihre Pfote. „Es ist doch nur vorübergehend. Natürlich werdet ihr Euch wiedersehen. - Nur... Du wirst schon ins Regenbogenland vorausgehen und dort auf sie warten. Denn irgendwann ist es auch für sie Zeit, über die Regenbogenbrücke zu gehen. Von diesem Tag an werdet ihr für immer zusammen sein."

Tiffany sah wieder in den großen Tautropfen.

Frauchen nickte der Ärztin zu und Tiffany hörte sie sagen: „Gut. wenn es das Beste für meine Tiffy ist, dann lasse ich sie gehen. Ich will nicht, dass sie länger leidet und noch mehr Schmerzen hat. Es ist so furchtbar sie so da liegen und kämpfen zu sehen."

„Geben Sie mir aber bitte noch eine Minute um mich von ihr zu verabschieden", sagte Frauchen unter Tränen.

Tiffany sah, wie ihr Frauchen sie liebevoll am Köpfchen streichelte und leise mit ihr sprach. Sie kraulte Tiffy hinterm Ohr, da wo sie es immer am liebsten hatte…

Ihre Stimme wirkte beruhigend auf Tiffany. Sie sprach ein letztes Mal vom Katerbruder und Kumpel Dusty. Sie erzählte, dass er auch sehr traurig sei, weil seine Schwester so schwer krank ist. Und sie hörte, wie ihr Frauchen von einer anderen Katze erzählte, die am anderen Ende der Regenbogenbrücke warten würde und deren Name ‚Einstein' sei. Moment mal! EINSTEIN!?

Tiffany sah ihre Begleiterin an. „Bist du diese Katze, von der mein Frauchen da spricht?", fragte Tiffany und sah Einstein mit großen Augen an. Diese nickte. „Richtig. Das bin ich."

„Dein Frauchen war nämlich auch mein Frauchen musst du wissen, bevor ich über die Regenbogenbrücke gehen musste. Fast 11 wunderbare Jahre durfte ich bei unserem Frauchen und Herrchen leben. Ja, auch mich hat sie zum Tierarzt begleitet und ist bei mir geblieben bis ganz zum Schluss."

„Ach ... es waren tolle Jahre", schwärmte Einstein und wurde etwas nachdenklich. „Manchmal war es sogar richtig turbulent. Habe eine Menge erlebt in meiner Erdenzeit. Aber das ist eine andere Geschichte und wir werden ein anderes Mal darüber reden."

„Jetzt bin ich jedenfalls hier, weil es meine Aufgabe und Frauchens

Wunsch ist, dass ich dich über die Regenbogenbrücke begleite. Ich soll ein bisschen auf dich aufpassen, bis du dich im Land hinter dem Regenbogen eingewöhnt hast", sagte Einstein.

„Waaaaas, wir hatten beide dasselbe Frauchen? Uiii, dann sind wir ja so was wie Geschwister. Genauso wie mit meinem Katerbruder Dusty. - A-propos Dusty. Wo ist denn der überhaupt und wieso ist der nicht hier bei mir, so wie sonst auch immer?"

„Ganz einfach: weil seine Zeit auf der Erde noch nicht um ist. Aber ich kann dich beruhigen. Auch ihn wirst du natürlich wiedersehen."

„Ach kleine Tiffany, all deine vielen Fragen werden dir noch beantwortet werden. - Später!"

Tiffany sah nun wieder traurig in den Tautropfen auf ihr völlig verzweifeltes Frauchen. Sie sah, wie die Ärztin ihr eine Spritze gab und Frauchen beruhigend auf ihr kleines Samtpfötchen einsprach. Sie weinte entsetzlich. Auch Herrchen stand dabei und war unendlich traurig. Und dann sah Tiffany wie Frauchen und Herrchen den Raum verließen. Es war vorbei und Tiffany konnte Frauchens großen Kummer spüren.

Das nächste was Tiffany sah, war, wie sie auf der großen Blumenwiese neben Einstein die Augen aufschlug.

„So, das war's fürs Erste", sagte Einstein. „Jetzt weißt du alles, was du für den Anfang wissen musst."

„Nun wird es aber Zeit für uns zu gehen. Auf der anderen Seite warten sie nämlich schon alle auf uns." Einstein deutete mit dem Köpfchen in Richtung Regenbogenbrücke. Tiffany sah ebenfalls scheu in diese Richtung. ‚Was mich auf der anderen Seite wohl alles erwartet', dachte sie so bei sich.

„Es ist wunderschön dort, wirst schon sehen. Es gibt nur Spaß und 'ne Menge tolle Sachen. Es ist schönes, warmes Wetter und es gibt alles, was ein Katzenherz begehrt. - Es warten viele Freunde auf dich."

„Deine Scheu, die dich in deinem Erdenleben begleitet hat, wird verflogen sein und du wirst dort ein fröhliches Leben führen. - Und ich werde immer in deiner Nähe sein", sagte Einstein. „Wirklich?", fragte Tiffany misstrauisch.

„Ich lass dich nicht allein. Keine Angst!" Einstein nickte aufmunternd und Tiffany stand auf und folgte ihr langsam und vorsichtig in die Richtung, in der die Brücke in all ihrer Schönheit zu sehen war.

Je näher die Beiden der Regenbogenbrücke kamen, desto heller und strahlender wurden ihre Farben und die Stimmchen, die von der anderen

Seite her zu hören waren, wurden lauter und lauter. Sie hörte fröhliches kichern und ganz allmählich beschlich sie ein Gefühl, das sie nur zu gut kannte: Neugier.

Immer näher und näher kamen sie der Brücke und Tiffany wurde immer mutiger. All ihre Angst war in dem Moment verflogen, als sie an der Brücke angekommen waren. Da standen sie nun und Tiffany staunte. „Die ist ja riesig!"

„Oh ja, das ist sie. Genauso habe ich auch gestaunt, als ich mit Jacky genau hier an dieser Stelle stand. - Ach ja… Jacky wirst du auch bald kennenlernen, wenn wir drüben sind. Auch sie war einmal eine Katze von unserem Frauchen und Herrchen. Genauso wie Benjamin, der auch schon ungeduldig nach dir gefragt hat, der alte Schwerenöter. Du siehst also, es warten viele liebe Samtpfoten am anderen Ende

des Regenbogens auf dich. - So .....
Nun lass uns endlich gehen."

Ein letztes Mal sah Tiffany sich um,
doch dann hielt sie ganz plötzlich inne. „Ich kann noch nicht hinüber",
meinte sie auf einmal bestimmt. „Ich
muss vorher unbedingt noch was
Wichtiges erledigen!"

Einstein sah sie wissend an. „Verstehe - Du möchtest dich gerne noch
von deinem Frauchen verabschieden,
bevor wir hinübergehen, stimmt's?",
Tiffany nickte eifrig. „Es wäre mir sehr
wichtig. Außerdem möchte ich mich
dafür bedanken, dass sie mich von
den furchtbaren Schmerzen erlöst hat.
Das war sicherlich sehr schwer für
sie."

„Einen größeren Freundschafts-
dienst hätte sie mir nicht erweisen
können, finde ich und das möchte ich
sie wissen lassen. - Jetzt geht es mir
gut. Nichts tut mir mehr weh und ich

will nicht, dass sie sich Vorwürfe macht.

Ja, und bevor ich endgültig gehe, möchte ich sie morgens mit einem Näschenstupser aufwecken, so wie ich es immer getan habe."

„Das verstehe ich gut, meine Liebe. Auch ich habe mich auf meine ganz spezielle Weise von ihr verabschiedet damals, als ich gehen musste. - Also komm, dann lass uns ganz schnell zu ihr gehen."

Die Beiden beeilten sich, um zu Frauchen und Herrchen zu kommen.

„Sieh nur, sie schläft noch", flüsterte Tiffany. „Wir sind rechtzeitig hier.", meinte Einstein, die um einige Pfoten-längen vorausgelaufen war. Tiffany war ihr gefolgt und saß nun direkt ne-ben ihrem geliebten Menschen am Bett.

Ein letztes Mal hüpfte sie zu ihrem Frauchen auf die Bettdecke und beobachtete, wie sie schlafend da lag. ‚Sie sieht so traurig aus‘, dachte Tiffany. „Oh… ich glaube, sie wacht gleich auf.", sagte Tiffany auf einmal aufgeregt. Sie beugte sich vor und küsste sie ein allerletztes Mal auf die Nase.

„Mach's gut Frauchen. Ich muss jetzt gehen. Danke, für mein schönes Katzenleben und danke dass Du mich am Schluss von meinen Schmerzen erlöst hast. Und mach dir bitte keine Vorwürfe. Du hast die einzig richtige Entscheidung getroffen. Nichts anderes hätte mir noch helfen können. Sei also bitte ganz unbesorgt."

„Du warst das beste Frauchen der Welt und ich habe dich so lieb. Für immer und ewig. Und auch wenn ich nun gehen muss, so bin ich doch immer bei Dir. Wenn Du Deine Augen schließt, dann kannst Du meine Nähe in deinem Herzen spüren. Und eines

Tages…. Ja eines Tages werden wir uns wiedersehen. Ich werde am anderen Ende der Regenbogenbrücke auf dich warten, und ich bin jetzt schon ganz aufgeregt wenn ich nur daran denke."

„Also …. Macht's gut Frauchen und Herrchen, ich muss jetzt los. Einstein klopft schon ganz ungeduldig mit der Pfote und wartet auf mich. Muss mich ja auch noch von Dusty verabschieden. Lebt wohl und behaltet mich in euren Herzen bis wir uns wiedersehen….."

Mit diesen Worten drehte Tiffany sich um und ging auf Einstein zu. „Meinst du, sie hat alles gehört und meinen letzten Morgengruß bemerkt?"

„Oh ja… das hat sie ganz sicher", sagte Einstein und nickte mit dem Köpfchen.

„Sieh nur", rief Tiffany plötzlich ganz aufgeregt. „Frauchen fasst sich ganz genau an die Stelle an der Nase, wohin ich sie geküsst habe!! - Sie hat mich also tatsächlich bemerkt!"

„Hab's dir ja gesagt... war bei mir damals auch so ähnlich. - Und nun müssen wir aber endlich weiter, denn schließlich willst du ja Dusty auch noch Auf Wiedersehen sagen, nicht wahr?" Mit diesen Worten drehte sich Einstein um und Tiffany folgte ihr mit einem tiefen Seufzer.

Dann sah sie ihren Katerbruder und Kumpel Dusty. Er lag auf dem Kratz-baum und sah wirklich sehr traurig und verzweifelt aus.

„He du Schlafmütze!", rief Tiffany. Dusty öffnete träge seine Augen. „Tiffy! Bist du es wirklich?", sagte er mit erstaunter Stimme.

„Wow… was ist denn das für ein komisches Leuchten um dich herum? Du siehst irgendwie ganz verändert aus." Dusty war nun hellwach, sprang vom Kratzbaum, und betrachtete seine Schwester sehr aufmerksam, indem er vorsichtig um sie herum schlich.

Tiffany sah ihn an und seufzte. „Tja mein Freund… ich fürchte, ich muss dich nun verlassen, denn es ist für mich Zeit über die Regenbogenbrücke zu gehen."

„Ich bin noch einmal hergekommen, um dir Adieu zu sagen. Meine Erdenzeit ist leider um und ich werde nun dahin gehen, wo wir alle einmal hingehen müssen…"

„Du brauchst dir aber keine Sorgen um mich zu machen, denn es geht mir sehr gut und ich habe keine Schmerzen mehr. Sei nicht traurig, ich werde jenseits der Brücke auf dich warten, mein Freund, bis auch deine Zeit ge-kommen ist."

„Weißt Du, eines Tages werden wir alle wieder zusammen sein. Du, ich, Frauchen und Herrchen und alle unsere Freunde, die schon vor uns über die Regenbogenbrücke gegangen sind."

„Ach Tiffany… muss denn das wirklich sein? Wir waren doch unser ganzes Leben lang immer zusammen. Immer! Tag und Nacht! Ich kann mir einfach nicht vorstellen, dass du ab jetzt einfach nicht mehr da sein sollst. - Ein Leben ohne dich? Wie soll denn das bloß gehen? Oh Gott! Nein! Bitte lass mich nicht allein! - Wo ist denn bloß unser Frauchen und wo ist unser Herrchen? Ach Tiffy! Ich bin so traurig und fühle mich so furchtbar einsam ohne Dich"

Tiffany seufzte laut. „Ich weiß, ich weiß", sagte sie bedrückt. „Und es tut mir auch sehr leid, aber es ist Zeit für mich. Ich werde immer in deiner Nähe sein und auf dich aufpassen. Ganz fest versprochen. Und wenn es Zeit für dich wird, komme ich, um dich über die Regenbogenbrücke zu begleiten. Sieh, ich gehe einfach nur schon mal voraus und sehe mir genau an, wie es dort ist und so."

„Und wenn du dann später nach-kommst, zeige ich dir alles. Und nichts und niemand wird uns jemals wieder trennen. - Wirst schon sehen!! Bitte vertrau mir."

Dusty sah seine Tiffy ein letztes Mal voll Trauer und Verzweiflung an. „Meinst du wirklich? Also gut. Wenn es halt nicht anders geht… Ach… ich werde dich ganz schrecklich vermis-sen. Leb wohl, mein kleines Tiffylein."

Ein allerletztes Mal sahen sie einander tief in die Augen, stupsten sich am Näschen, rieben ihre Köpfchen aneinander, dann drehte sich Tiffany um sagte traurig: „Mach's gut mein Freund und Beschützter. Von nun an werde ich dich beschützen. Bis wir wieder zusammen sind."

Dann drehte sie sich endgültig um und folgte Einstein, die inzwischen schon ein Stück vorausgegangen war. Sie gingen zu der Brücke, die ihnen in den unbeschreiblichsten und kräftigsten Farben entgegenleuchtete und an deren anderen Ende ein neues, aufregendes Leben auf sie wartete.

Zweites Pfötchen

Der Weg ins Regenbogenland

Am unteren Ende der Brücke angekommen, blieben sie noch einmal stehen. „Fertig?", fragte Einstein und sah Tiffany freundlich an. „Fertig", sagte

Tiffany und ging ohne sich umzudrehen neben Einstein her auf die Brücke.

Kaum hatten Tiffanys Pfötchen die Brücke betreten, fühlte sie einen tiefen Frieden in sich aufsteigen und sie begann sich wohl und gesund zu fühlen. Der ganze Kummer, alle Zweifel und die ganzen Schmerzen waren vollkommen verschwunden und auf einmal war alles freundlich und gut.

Es war ein weiter Weg, und es waren außer ihnen noch viele andere Katzen unterwegs über die Regenbogenbrücke. Und alle hatten - genau wie Tiffany - jemanden, der sie ins Regenbogenland begleitete.

Es ging zuerst einen langen Weg bergauf.

Oben auf der Brücke angekommen, konnte Tiffany weit ins Regenbogenland hineinschauen. Was sie dort sah, ließ sie staunen. „Uiii, sieht das aber schön aus", rief sie begeistert. Ihre Schüchternheit, die sie in ihrem Erdenleben stets hatte, war unbändiger Neugier und Freude gewichen. Sie staunte und staunte, je näher sie dem anderen Ende der Regenbogenbrücke kamen. Sie fühlte sich leicht und froh. Dann endlich war es soweit: sie waren auf der anderen Seite angekommen.

Tiffany sah sich neugierig um. Da waren außer ihr und Einstein noch unglaublich viele Katzen, die ebenfalls gerade erst eingetroffen waren. Es war ein fröhliches Durcheinander, denn alle wurden bereits von ihren Freunden und Verwandten erwartet und begrüßt. Was für ein Hallo!

„Viel los hier, nicht wahr? - Mal sehen, wo unser Empfangskomitee ist", sagte Einstein und sah sich suchend um. „Ah… da hinten sehe ich unsere Katzenmama und da ist auch Jacky. Hallo… hier sind wir!!", rief Einstein und winkte aufgeregt mit dem Vorderpfötchen. Tiffany folgte ihrem Blick und dann erkannte sie ihre Katzenmami.

„Mami… hier bin ich!", rief Tiffany aufgeregt und rannte auf ihre Mama zu. Sie begrüßten sich. Es wurden Näschen gestupst, Köpfchen gerieben und viel geschnuppert. „Kleine Tiffany… es ist schön, dass du jetzt da bist. Ich habe schon so auf dich gewartet", sagte Tiffys Katzenmutti. „Gott sei Dank bist du hier!", meinte Tiffany. „Ich dachte schon, ich kenne hier niemanden." „Oh Gott bewahre, nein! Du wirst eine Menge Bekannte treffen. Aber vor allem wirst du eine Menge Spaß haben und es wird nur noch eine schöne Zeit kommen."

Dann drängelte sich noch eine Katze zwischen den anderen hervor. „Hallo", sagte sie mit lauter Stimme und sehr bestimmtem Ton

„Ich bin Jacky und heiße dich herzlich willkommen!" Tiffany sah sehr vorsichtig und etwas misstrauisch zu Jacky hinüber. „Hallo", sagte sie ganz leise und noch etwas schüchtern. „Kennst du mein Frauchen auch?"

Jacky sah Tiffany an und maunzte: „Na klar! - Ist schon eine Weile her. War zusammen mit Benjamin bei den Dosis. Ist 'ne schöne Zeit gewesen...." Jacky blickte nachdenklich und seufzte. Dann drehte sie sich entschlossen zu Einstein und den Anderen rum und sagte: „Lasst uns endlich gehen. Schließlich gibt es eine Menge zu sehen für unseren Neuankömmling." „Hast recht... hier ist es auch viel zu laut", stimmte Tiffys Mami zu.

Tiffany sah sich noch immer etwas verwirrt und unruhig um. Schließlich waren viele Menschen und andere Tiere um sie herum schon immer ein Gräuel für sie gewesen.

Sie sah viele Begrüßungsszenen. Katzen die andere Katzen begrüßten und willkommen hießen, und… ja, und sie sah da auch wie sich Menschen und Katzen glücklich und liebevoll begrüßten. Wunderschöne Wiedersehensszenen zwischen Tier und Mensch.

‚Ach… wenn das doch nur mein Frauchen und ich wären, die sich wiedersehen würden‘, dache sie wehmütig so bei sich. ‚Wann kommt denn nur endlich mein Frauchen…, ich vermisse sie so…!‘

„Hallo du kleine Träumerin, grüble nicht so viel. Eines Tages wirst auch du hier stehen und dein Frauchen und auch dein Herrchen wiedersehen. -- Jetzt jedoch lass uns gehen. Hier ist zu viel los. Es gibt einen viel, viel schöneren Platz, und den wollen wir dir jetzt zeigen. Also: los geht's." Mit diesen Worten setzte sich Einstein in Bewegung und Tiffany folgte ihr und dem

Rest des Empfangskomitees noch etwas zögernd aber doch sehr neugierig, so wie eben nur Katzen neugierig sein können…

Drittes Pfötchen

Das neue Leben beginnt

Der Weg den sie entlanggingen, war gesäumt von herrlichen grünen Wiesen, auf denen die schönsten Blumen blühten und dufteten. Das Gras war saftig grün und man sah überall spielende und umhertollende fröhliche Katzenkinder. Alle waren jung und gesund und voller Energie.

„Es kommt noch viel besser, wirst schon sehen", sagte Tiffys Katzenmama und stupste Tiffy liebevoll am Näschen. „Hab keine Angst mehr. Ich bin jetzt bei dir und wir sind nun für immer zusammen. Es gibt hier auch nichts mehr, wovor du dich fürchten musst."

„Also, ich weiß nicht…." Tiffany war noch immer etwas skeptisch, aber sie fühlte, dass ihre Katzenmami Recht hatte und ganz langsam wurde sie ruhiger.

Sie folgte ihrer Mami und Einstein. Allerdings nicht, ohne sich ab und zu umzudrehen und nachzusehen, ob nicht vielleicht doch ihr Mensch irgendwo in Sicht war…

Einstein bemerkte Tiffys Blick zurück. „Es ist noch nicht Zeit für dein Dosi zu uns zu kommen. Aber eines Tages wird es so weit sein. Hab etwas Geduld, kleine Tiffany." Sie stupste den Neuankömmling ganz sanft und freundlich in die Seite.

Während sie nun weiter schlenderten, hatte Tiffany genügend Zeit, sich umzusehen. Und alles was sie sah, war voller Freundlichkeit, Wärme und Liebe. Inzwischen gingen sie quer über diese wunderschöne Blumenwiese und kamen schließlich zu einem großen, schönen Haus mit vielen großen Fenstern und einer noch größeren Tür, die weit offen stand.

Vor dem Haus standen Stühle, Bänke und auf der Wiese lagen weiche Kuscheldecken, die zum Ausruhen einluden.

Tiffany gefiel, was sie da sah. Und überall saßen und lagen die schönsten Katzen herum und sahen neugierig, aber sehr freundlich auf die kleine Gruppe, die den Neuankömmling mitbrachten.

Jacky sprang mit einem Satz direkt auf einen Tisch, auf dem ein riesiger Strauß mit herrlichem Katzengras stand und begann daran zu knabbern. „Hmmmm… lecker! - So ein weiter Weg ist anstrengend und macht mich immer richtig hungrig. Diese Köstlichkeit kommt mir da wie gerufen." Einstein seufzte: „Jaja… Wunder über

Wunder… Du bist ja eigentlich immer hungrig, oder?" Mit einem Kichern ging sie durch die große Tür in das Haus hinein.

Tiffany folgte ihr sehr neugierig. Sie betraten gemeinsam ein großes Zimmer. Wow… ist das toll hier, dachte Tiffany voller Staunen. Da waren riesige Sofas, Sessel und unglaublich tolle Kratzbäume mit gemütlichen Schlafmulden und vieles, vieles mehr, was Tiffany vor Staunen fast den Atem raubte.

Einstein hatte Tiffys großes Erstaunen wohl bemerkt. „Na, haben wir dir zu viel versprochen? Ist d a s nicht herrlich hier? Überall gibt es ganz tolle Schlafplätze, Kuschelecken und Spielecken mit den tollsten Spielsachen und Futterplätze mit den besten Delikatessen und, und, und... Ach… Du wirst es ja selbst noch sehen. Schau dich nur in aller Ruhe überall um und such' dir einen Lieblingsplatz, denn jeder hier hat mindestens einen Lieblingsplatz zum Dösen und so..."

Und dann sah Tiffy es. Da stand ein riesiges Bett, auf dem bereits viele andere Samtpfötchen lagen und vor sich hin dösten. Und mit einem Satz hüpfte Tiffany auf das Bett und versank sofort in einer großen weichen Daunendecke. Augenblicklich kuschelte sie sich hinein in diese wunderbare weiche Decke und seufzte: „Ach ist das schön und so weich. Irgendwie so wie bei Frauchen. Wenn sie doch nur hier bei mir sein könnte, wie wäre dann doch alles noch viel, viel schöner. Aber sicher kommt sie ja bald und dann sind wir für immer zusammen..."

Tiffany spürte, dass sie der lange Weg von der Regenbogenbrücke hierher doch sehr ermüdet hatte und so begann sie, sich ausgiebig zu putzen. Dann rollte sie sich mit einem tiefen Seufzer zusammen und schlief augenblicklich ein. Schließlich war morgen ja auch noch ein Tag und sicher gab es noch eine Menge auszukundschaften und zu entdecken.

Ja... es warteten viele neue Freunde und noch mehr große und kleine Abenteuer auf Tiffany.

Viertes Pfötchen

Das neue Heim

Tiffany öffnete ihre Augen. Irgendwas hatte sie geweckt, aber was? Sie hob ihr Köpfchen und sah sich um. Da blickte sie direkt in das Gesicht von Einstein, die da saß. „Na endlich, du kleine Schlafmütze! Wird Zeit, dass du endlich aufwachst. Heute ist ein neuer Tag und es wartet eine Menge Spaß auf uns."

„Hä? Wo bin ich hier? - Ach ja, richtig: mein neues Zuhause hinter der Regenbogenbrücke." Einstein stupste sie zärtlich in die Seite. „Los jetzt, ich hab einen Riesenhunger! Das Frühstück wartet." Tiffany erhob sich von ihrem neuen, gemütlichen Lager und machte erstmal einen großen Buckel. Dann streckte sie sich, gähnte genüsslich und sprang vom Bett. „Ja… Hunger hätte ich schon auch etwas", meinte sie noch etwas träge. Sie folgte Einstein in ein anderes, ebenfalls großes Zimmer und staunte nicht schlecht. Da standen mehr Futternäpfe als man zählen konnte. An vielen von ihnen saßen andere Katzen und futterten.

Die verlockendsten Düfte stiegen Tiffany in ihr kleines Näschen, und da bemerkte sie, dass sie hungriger war, als sie gedacht hatte.

Es gab die schönsten und herrlichsten Katzenleckereien, die man sich nur irgendwie vorstellen konnte und

Tiffany wusste gar nicht, was sie zuerst probieren sollte.

Einstein dagegen hatte schon zielsicher einen Fressnapf angesteuert und machte sich hungrig über den Inhalt her.

Tiffy entschied sich für eine Leckerei aus Geflügel. Das duftete ja herrlich. „Hmmm, ist das lecker!" Sie schmatzte und fraß alles auf, was in dem Napf war. Danach machte sie sich auf den Weg zurück zu ihrem neuen Kuschelplatz. ,Schließlich war so ein ausgiebiges Frühstück ja schon sehr anstrengend und ein klitzekleines Katzenschläfchen wäre doch nun genau das richtige,' dachte sich Tiffany so.

„Hey du Faultier!!" Einstein war ihr gefolgt und stellte sich direkt vor sie. „Du wirst doch wohl nicht schon wieder schlafen wollen, oder? -- Schließlich haben wir heute noch eine Menge vor." „Mann, hast du mich jetzt erschreckt!", rief Tiffany.

„T'schuldigung!", sagte Einstein. „Wollte dich natürlich nicht erschrecken. Manchmal geht halt mein Temperament mit mir durch." Tiffy seufzte: „Schon gut…, ich bin noch immer etwas zu schreckhaft."

Gemeinsam machten sie sich nun auf den Weg nach draußen, wo sie von einem wunderbar warmen und freundlichen Tag erwartet wurden. „Ist das nicht ein Wetterchen", rief Einstein Tiffany zu. „Da hast du recht", sagte Tiffany und sah sich erst einmal in Ruhe um. Dann peilte sie einen Platz auf einer großen Bank mit vielen Kuschelkissen an. Dieser Platz lud doch richtig dazu ein, ein wenig zu dösen. Aber Einstein hatte andere Pläne mit Tiffany.

„Nichts da", rief sie lachend. „Geschlafen wird später. Komm mit, es gibt noch so vieles, was ich dir zeigen will." „Na gut…, dann lass uns mal gehen", meinte Tiffany gedehnt und warf einen letzten sehnsüchtigen Blick auf diesen, so verlockenden Kuschel-platz. Dann lief sie hinter Einstein her auf eine herrliche Wiese, wo viele andere Katzen umhertollten und spiel-ten.

„He! Hallo du da", rief ihr ein kleines Kätzchen fröhlich zu. „Du bist neu hier, nicht wahr?" Mit diesen Worten sprang das junge Kätzchen auf Tiffany zu. „Ich bin Mimi und wie heißt du?" Neugierig sah Mimi Tiffany an. „Hallo Mimi, ich bin Tiffany. Bin gestern hier eingetroffen. Und ehrlich gesagt verstehe ich hier vieles noch nicht so richtig." „Ja das kenne ich. Bin schon eine ganze Weile hier. Hab vergessen, wie lange genau. Irgendwie vergisst man hier einfach die Zeit.

Hast du Lust mit mir zu spielen? Ich spiele und tobe nämlich für mein Leben gern!" „Später vielleicht. Einstein will mir hier die Gegend zeigen und mir alles erklären, hat sie gesagt. Aber wenn wir zurück sind, können wir gerne zusammen spielen oder so.... Bis dann, muss jetzt aber weiter. Einstein wartet schon." Mit diesen Worten trottete sie gemächlich auf Einstein zu, die bereits wartete.

„Schau mal da, siehst du da diese riesige bunte Rutsche?" Einstein deutete nach vorne. „Die werden wir als erstes Mal runterrutschen. Es ist der kürzeste Weg ins Katzenspielzeugland." „Waaaas?" Tiffany war jetzt echt erschrocken. „Da runter? Oh Gott, oh Gott!! Ist das nicht zu gefährlich?" Einstein lachte laut auf. „Du bist ja immer noch ein kleines Angsthäschen", kicherte sie. „Aber du hast wirklich keinen Grund mehr dazu. Wirst schon sehen."

Inzwischen waren sie an dieser großen, bunten Rutsche angekommen. Sie mussten sich allerdings an einer langen Schlange wartender großer und kleiner Katzen anstellen.

Je weiter sie in der Schlange nach vorne kamen, desto mehr klopfte Tiffanys kleines Herzchen. Dann war es soweit und sie waren an der Reihe. Es ging viele bunte und glitzernde Stufen nach oben. Als sie auf der obersten Stufe der Treppe angekommen waren, drehte sich Tiffy um. „Meinst du wirklich, ich soll hier…. heuere, was machst du denn?" Einstein hatte ihr einfach einen kleinen Schubs gegeben und Tiffany sauste geradewegs die große Rutsche hinunter Richtung Tal.

„Huiii, ist das lustig!", rief Tiffany und quietschte vor Vergnügen, während sie die Rutsche mehr runterpurzelte als rutschte. Mal lag sie auf dem Rücken, mal auf dem Bauch, und immer weiter ging die wilde Reise nach unten ins Tal.

Diese Rutsche war nämlich nicht wie eine normale Rutsche auf einem Spielplatz. Oh nein, sie war schon ein klein wenig anders. Sie war super- weich und leuchtete in vielen bunten Farben. Sie war über und über mit den schönsten Sommerblumen ge- schmückt und man fühlte sich seltsam sicher wenn man auf ihr reiste. Des- halb verlor Tiffany auch jede Angst vor ihr und hatte einen Riesenspaß.

Als sie am unteren Ende angekom- men war, kullerte sie in ein übergro- ßes, superweiches Kissen, das die wil- de Fahrt beendete.

Tiffany gluckste und kicherte noch immer. Dann drehte sie sich um, um nach Einstein Ausschau zu halten. - Und da kam sie auch schon angesaust und flog in hohem Bogen hinein in das Riesenkissen, das die Reise über die Rutsche beendete.

Einstein prustete vor Lachen. „War das nicht herrlich?", rief sie fröhlich. „Oh Mann oh Mann…, das könnte ich andauernd machen. Hat's dir denn auch gefallen?" Tiffany schüttelte ihr wunderschönes Fellkleid, um jedes Haar wieder an seinen Platz zu bringen. „Du hast Recht. Das hat Spaß gemacht. Und was kommt als nächstes?" „Als nächstes werden wir da hinten erwartet." Mit diesen Worten deutete Einstein auf ein großes Gebäude.

Aber was war denn das? Tiffany riss die Augen weit auf. „Du lieber Himmel, was um alles in der Welt ist denn das?" Es handelte sich nämlich nicht um ein gewöhnliches Haus, was Tiffany da sah, denn es hatte die Form einer riesigen, überdimensionalen Katze, deren Augen immer auf und zu gingen! ‚Cat's-Toys' stand da mit großen Buchstaben über dem Eingang geschrieben. „Na das ist ja ein Ding!", wunderte sich Tiffany. Noch immer ungläubig sah sie auf das muntere, bunte Treiben vor dem Gebäude. Da waren unzählige Katzen, die kamen und gingen. Viele mit Bergen von Katzenspielzeug.

„Na, wollen wir mal reingehen, oder willst du lieber hier draußen weiter Bauklötze staunen?", sagte Einstein und steuerte direkt auf den Eingang zu. Tiffany war begeistert. „He, warte auf mich. Da muss ich unbedingt rein. Das muss ich von drinnen sehen."

Mit diesen Worten folgte sie Einstein durch die riesige wie zwei große Katzenpfoten aussehende Eingangstür ins Innere des Ladens.

Fünftes Pfötchen

Abenteuer im Katzenspielzeugland

Tiffys blaue Augen wurden größer und größer, als sie den riesigen Laden betreten hatte. „Das gibt's doch nicht!", rief sie.

Da gab es Kratzbäume in allen Größen und Arten, Kuschelhöhlen und Kuschelkissen, Schmusedecken, flauschig weiche Plüschfelle und ... ja natürlich... eine nicht überschaubare Anzahl an Katzenspielzeug von allen Arten, die man sich nur vorstellen kann, und, und, und.....!

Einstein drehte sich zu Tiffany um. „Und, womit wollen wir anfangen?", fragte sie neugierig. „Zuerst die Kratzbäume und Spielsachen, oder wollen wir erstmal hoch in die oberen Etagen. Da gibt es auch noch eine Menge toller Sachen. Von den traumhaften Delikatessen in der Katzenmäulchen-Futterabteilung mal ganz zu schweigen."

Tiffy stand das kleine Mäulchen offen und sie staunte und staunte. „Heilige Katzenpfote!!", rief sie aus. „Also wenn es dir nichts ausmacht, würde ich schrecklich gerne erstmal nach oben fahren und sehen, was es noch alles gibt. Außerdem hast du von Delikatessen geredet. Das klingt gut." Mit diesen Worten stolzierte sie an Einstein vorbei in Richtung Rolltreppe.

Aber dies war natürlich auch keine gewöhnliche Rolltreppe wie man sie so aus den Kaufhäusern kennt. Diese hier bestand aus großen Pfotenabdrücken, die aus herrlich weichem Plüsch bestanden und auf die man sich nicht einfach stellte, sondern auf denen man es sich so richtig bequem machen konnte, bis man in der nächsten Etage angekommen war. - Es gab da sogar vorwitzige kleine Kätzchen, die den lieben langen Tag nichts anderes machten, als kichernd auf dieser Katzenrolltreppe hoch und runter zu fahren.

Einstein und Tiffany hatten inzwischen auch schon diese außergewöhnliche Rolltreppe betreten und es sich bequem gemacht. Und auf ging es in das erste der oberen Stockwerke.

Als sie oben angekommen waren, strolchten sie erst einmal die Gänge entlang und sahen sich alles genau an. Da gab es große Katzenhäuser in den unterschiedlichsten Ausführungen mit den schönsten Ausstattungen, Katzenmöbel für die Einrichtung eines richtig gemütlichen Katzenheimes und auch sonst Alles, was ein Katzenherz für das Innere eines gemütlichen Heims begehrte.

Dann gab es eine Kosmetikabteilung, denn schließlich war die Fellpflege war ja enorm wichtig.

Außerdem standen überall kleine Näpfe mit Futter und Wasser herum, damit man sich bei so einer anstrengenden Einkaufstour zwischendurch auch mal stärken konnte.

„Also mich zieht es erstmal in die nächste Etage, denn ich hab einen Riesenhunger", sagte Einstein. „Kommst du mit, oder willst du lieber noch hier stöbern, während ich was futtern gehe?" Tiffany schüttelte ihr Köpfchen. „Wo denkst du hin. Futtern ist immer gut. - Natürlich komme ich mit nach oben. Außerdem bin ich neugierig, was es da so alles für Leckereien gibt."

Tiffany folgte Einstein wieder auf die Rolltreppe und ab ging es in die Delikatessenabteilung im zweiten Stock. Doch als sie in der 2. Etage angekommen waren, gab es noch eine kleine Überraschung für Tiffany, denn zum ersten Mal sah sie es: Ein riesiges Katzenrestaurant.

‚Regenbogenschlemmerland' stand da mit großen bunten Buchstaben über dem Eingang. Es gab unzählige gemütliche Sitzgruppen mit Tischchen, auf denen kleine Teller standen, die mit den herrlichsten Leckereien gefüllt waren und man sah, dass es allen Gästen des Restaurants sehr gut zu schmecken schien.

Auf der linken Seite des Restaurants konnte man sich all die herrlichen Leckereien holen. Es gab große Schalen mit allem an Leckereien, was man sich nur irgendwie vorstellen konnte.

Und wie herrlich es duftete. Tiffany war hellauf begeistert. „Mann, hab ich einen Kohldampf. Da weiß man ja überhaupt nicht, wo man anfangen soll!" „Na, du vielleicht nicht. Ich aber schon", meinte Einstein amüsiert. „Komm, da hinten gibt es 'ne katzenmäßig gute Fischpastete. Die haut dich echt um, wirst schon sehen!", sagte Einstein und deutete auf eine Ecke, in der ein ziemlich großes Gedränge war. „Na gut... lass uns mal damit anfangen", antwortete Tiffany und folgte Einstein.

Trotz des großen Andrangs in der Fischecke des Restaurants dauerte es gar nicht lange, und Tiffy und Einstein hatten einen Napf mit der begehrten Leckerei vor sich und futterten schmatzend und voller Genuss vor sich hin.

„Hallo ihr Beiden!", sagte da plötzlich eine Stimme. „Wie ich sehe, lasst ihr es Euch gut gehen." Tiffany hob den Kopf und sah direkt in das Gesicht von Jacky, die in Begleitung einer anderen Katze war. „Dürfen wir uns dazu setzen?"

„Na klar, nur zu, macht es euch gemütlich." Mit diesen Worten hatte Einstein etwas Platz gemacht, so dass Jacky und ihre Begleitung es sich ebenfalls an dem Tisch bequem machen konnten. „Ach .. darf ich mal vorstellen? Das ist Möhre, meine beste

Freundin, seit ich hier im Regenbogenland angekommen bin." „Hallo", sagte
Einstein, „ich bin Einstein und das
hier ist Tiffany, vor einigen Tagen hier
frisch eingetroffen." Sie deutete mit
diesen Worten in Tiffanys Richtung.
„Hi!", sagte Tiffy mit vollem Mäulchen. „Schön, dich kennen zu lernen."
Damit widmete sie sich wieder der
Fischleckerei und futterte alles bis auf
den letzten Rest auf. „Mmmmmh war
das gut!!" Jacky und Möhre ließen sich
eine leckere Hühnermahlzeit schmecken und schmatzten, was das Zeug
hielt.

Einstein war inzwischen auch fertig
und sie und Tiffany schlabberten erst
mal an einem der unzähligen Was-
sernäpfe, denn so viel Fisch macht unheimlich durstig.

Danach begannen sich die Beiden
ausgiebig zu putzen. So, wie sich das
nach einer guten Mahlzeit gehörte.
Jacky und Möhre taten es den Beiden

gleich, als sie mit dem Essen fertig waren.

„Na, was habt ihr denn als Nächstes so vor?", meinte Jacky neugierig. „Habt ihr am Eingang schon die neuen Kuschelhöhlen gesehen, die sie gekriegt haben. Sind gestern erst eingetroffen, hab ich gehört.." Jacky bekam einen richtig verträumten Blick. „Ja und die neuen Spielmäuse am hinteren Fenster sind auch echt klasse", meinte Möhre eifrig. „Also davon nehme ich mir auf alle Fälle einige mit."

„Sie hat einen enormen Verschleiß an den Dingern", sagte Jacky kichernd. „An dem du ja wohl nicht ganz unbeteiligt bist, wenn ich mich recht erinnere", antwortete Möhre und grinste.

„Tiffy und ich werden uns erstmal in Ruhe noch umschauen. Schließlich ist alles neu für Tiffany und ihr wisst ja, wie das am Anfang alles so ist. Da soll sie sich ruhig mal in aller Ruhe umschauen. -- Dann sehen wir weiter." Einstein reckte und streckte sich genüsslich. „Aber jetzt werden wir erstmal eine Runde dösen."

Damit rollte sie sich zusammen und schloss die Augen.

Tiffany nickte zustimmend. „Ja, so ein kleines Nickerchen vor dem großen Einkaufsbummel ist perfekt." Sie gähnte und rollte sich ebenfalls für einen kleinen Mittagsschlaf zusammen.

Jacky und Möhre dagegen machten sich auf in die nächste Etage. Dort gab es HIFI und TV speziell fürs Katzenheim. Und die neuesten Trends wollten sich die beiden Katzenladys auf keinen Fall entgehen lassen…

Nachdem Tiffany und Einstein ausgeschlafen hatten, machten sie sich ebenfalls auf den Weg in die obere

Etage. Denn dort gab es noch etwas anderes, das Tiffany interessierte: Ein Kino für Samtpfoten. Und dort war gerade heute der neueste Streifen angelaufen: ‚Die Dosenfisch-Mafia schlägt wieder zu!'

Und diesen neuen Hit wollten sich weder Tiffy noch Einstein entgehen lassen. Denn es hieß in Katzenkreisen, dass der neue Film irre spannend sein soll...

Im Inneren des Kinos standen viele gemütliche Sofas, von denen aus man in aller Ruhe den Film anschauen konnte.

So suchten sich die Beiden ein großes Sofa, machten es sich darauf bequem und sahen sich gebannt den Katzenkrimi an.

Zwei Stunden später ging es dann ab ins Erdgeschoss, denn nun war Spielzeit.

„Hast du den Kratzbaum da hinten gesehen?" Einstein deutete auf einen unglaublich großen Kratzbaum, der wirklich alles hatte, was sich ein Katzenherz wünschte: große, tiefe Liegemulden, Höhlen mit mehreren Ein- und Ausgängen, viele Aussichtsplattformen, Hängematten für ein kleines Nickerchen zwischendurch und das alles natürlich in feinstem Plüsch und in den allerschönsten Farben.

Ehe es sich Einstein versah, war Tiffany verschwunden. Suchend sah sich Einstein um. Dann entdeckte sie Tiffy, die in der Zwischenzeit fröhlich den Kratzbaum eroberte. „Heee, wo bleibst du denn", rief sie Einstein zu. „Das ist ja ein Riiiiesenspaß!" - Und patsch- wurde sie von Tiffanys Pfötchen attackiert. Patsch- noch ein Pfötchenhieb. „Krieg mich doch.... hier bin ich du Fellnase!!" „Na warte!" Mit diesen Worten machte Tiffany einen Satz von einer Plattform zur anderen... und verfehlte Einstein um Pfötchenbreite.

So tobten die Beiden fast den ganzen Nachmittag von einem Kratzbaum zum Anderen, bis sie ganz außer Atem waren.

„Puh. Jetzt ist aber erst mal Pause", japste Einstein. „Du bist mir ja ein toller Feger!" Tiffany lachte: „Das kommt eben davon, wenn man mich zum Toben rausfordert."

„Sieh mal da die vielen schönen Kuschelhöhlen." Und mit einem Satz war Tiffany in eine leuchtend rote hineingesprungen. Einstein blieb draußen sitzen und seufzte leise: „Du bist ja temperamentvoller als ich gedacht habe. Du lässt wirklich nichts aus. - Wenn du da drinnen fertig bist, las uns mal zu den Brunnen gehen. Ich hab Durst."

Einstein deutete auf eine Seite des großen Shops, dem Tiffany bis jetzt noch nicht viel Beachtung geschenkt hatte. Sie hüpfte aus der Höhle und folgte Einstein. Am hinteren Ende angekommen, musste Tiffany wieder einmal staunen. Da gab es Springbrunnen, aus denen Trinkwasser aus steinernen Katzenmäulchen in kleine Becken floss.

Rund um den Brunnen standen viele große und kleine Katzen und schlabberten genüsslich an der frischen Köstlichkeit. Tiffany sah sich um. Es gab ganz viele solcher Brunnen, und an jedem war sehr viel Betrieb. Die meisten Kätzchen tranken von dem frischen Wasser. Andere wiederum bespritzen sich gegenseitig, was ihnen strenge Worte von anderen Katzen einbrachte, die das Herumgespritze gar nicht mochten.

Und dann gab es doch sogar einige, die in einem Brunnen herum sprangen und in dem Wasser spielten. „Jetzt sieh dir das mal an." Tiffany war entsetzt. „Igitt!! Die sind ja richtig im Wasser und toben drin rum!" Tiffy verstand das überhaupt nicht. „Wie kann man nur." Tiffany mochte Wasser nur zum Trinken. Aber sich am ganzen Körper nass machen ... nein, das war wirklich zu viel für sie.

„Ich verstehe so was ja auch nicht, aber du wirst hier noch viele Katzen sehen, die das Baden im Wasser bevorzugen und sogar Spaß dabei haben", erklärte Einstein. „So... nun lass uns erst mal was trinken."

Tiffany folgte Einstein an einen Brunnen, an dem gerade 2 Plätze frei geworden waren, und die Beiden stillten erst einmal ihren Durst.

„Wen man hier alles so trifft", rief da auf einmal eine Stimme. Einstein drehte sich um und sah direkt in Benjamins tiefblaue Augen. „Hallo du

Schwerenöter, sieht man dich auch mal wieder? Wo hast du dich so lange rumgetrieben. Hab dich ja eine Ewigkeit nicht mehr gesehen!"

„Eine Ewigkeit.... witziges Wortspiel", lachte Benjamin. „Jaja.... ich war so hier und da...! Hab gehört, es ist neue Verwandtschaft eingetroffen." Damit sah er Tiffany direkt an, die inzwischen genug getrunken hatte. „Das ist Tiffany, auch eine aus der Familie ‚von Nanda Devi', genau wie du und ich", sagte Einstein und deutete in Tiffys Richtung.

Tiffy sah schüchtern zu Benjamin hin. „Hallo", sprach sie leise. „Bin erst ein paar Tage hier und Einstein zeigt mir hier alles und führt mich überall herum. - Und du, bist du schon länger hier?"

„Ziemlich lange, glaube ich. Zeit ist hier ja was anderes in unserer Welt. Aber ich habe hier schon so einiges erlebt." Benjamin sah Tiffany nachdenklich und neugierig zugleich an. „Vielleicht trifft man sich ja mal auf ein Schälchen Katzenmilch oder so. Dann können wir beide ja mal plaudern..."

Katzenmäßig grinsend und herausfordernd sah Benjamin Tiffany an. „Kannst mich übrigens ruhig Benji nennen." „Na du kannst es ja wohl mal wieder gar nicht abwarten, wie?", rief Einstein entrüstet. „Kaum ist die Kleine hier, schon baggert der feine Herr sie an! - Jetzt lass sie erst mal in Ruhe, bis sie sich hier eingewöhnt hat. - Tiffy, auf den Schlawiner musst du mäusemäßig gut aufpassen. Das ist ein Casanova, wie er im Buche steht!" Tiffy seufzte: „Verstehe... erinnert mich irgendwie an meinen Katerbruder und Kumpel Dusty, den ich auch auf der Erde zurücklassen musste. Er fehlt mir sehr..."

„Mach dir keine Sorgen, ihr werdet euch bald wiedersehen. Wenn es soweit ist, wirst du ihn an der Regenbogenbrücke abholen. Sei also nicht traurig, alles wird gut werden!", sagte Einstein tröstend.

Dann schlabberten Tiffy und Einstein noch genüsslich aus dem Brunnen mit dem wunderbar frischen Quellwasser.

Anschließend machten sich die Beiden auf den Rückweg zu dem großen Haus mit den vielen gemütlichen Kuschelplätzchen, denn Tiffys erster aufregender Tag im Land hinter dem Regenbogen neigte sich langsam dem Ende entgegen.

„Mann, bin ich müde", rief Tiffy und gähnte herzhaft. „Geht mir genauso. Und einen Riesenhunger hab ich!", meinte Einstein.

„Sieh nur, Villa Regenbogen in Sicht!" Mit diesen Worten deutete Einstein auf das große Haus direkt vor ihnen, in dem Tiffany ihre erste Nacht verbracht hatte. „Das ist von nun an dein neues Zuhause." „Toll!", rief Tiffany begeistert aus. „Hat mir vom ersten Moment an hier gefallen. Es gibt soooo viele Kuschelplätze und alle hier scheinen echt nett zu sein."

Tiffy sah sich im Haus um und fand ein riesiges, superweiches Kuschelkissen, auf dem sie sich niederließ. Auch Einstein hatte ganz in der Nähe ein lauschiges Plätzchen gefunden. Die Beiden begannen mit einer ausgiebigen Fellpflege, dann schliefen sie ein.

Die Sonne war untergegangen und Tiffys erster Tag in ihrem neuen Leben war vorbei.

Sechstes Pfötchen

Auf leisen Pfoten das Regenbogenland entdecken

Tiffany erwachte von lautem Vogelgezwitscher. Sie reckte und streckte
sich ausgiebig, dann verließ sie ihren
gemütlichen Schlafplatz. Mit einem
Blick sah sie, dass Einstein schon auf-
gestanden war. ‚Bestimmt ist sie schon
beim Frühstück. Mal sehen, was es
heute Gutes gibt.‘ Gemächlich machte
sich Tiffy auf den Weg in die Küche.
Dort herrschte bereits Hochbetrieb.
Alle schmatzten und leckten sich genüsslich die kleinen Mäulchen nach
einer leckeren Mahlzeit. Tiffy sah sich
suchend um. „Hier bin ich!", hörte
Tiffy Einstein rufen. Dann entdeckte
sie sie zwischen zwei dicken Katzen.
„Komm schon, das Frühstück wartet!"
Tiffy ging auf Einstein zu. Eine der
großen, dicken Katzen, eine schwarz-
weiß gefleckte, machte ihr Platz.

„Komm her Kleine, hier gibt's was Gutes. - Übrigens ... ich bin Motte." „Und ich bin Tiffany." „Schön dich kennenzulernen. Wir sehen uns sicher noch. Bis dann.."

Tiffany machte es sich an dem freigewordenen Futterplatz bequem und ließ sich das Frühstück schmecken. - Es gab Hühnchen und das mochte Tiffany besonders gern.

Nach einer ausgiebigen Mahlzeit trafen sich Tiffy und Einstein im Garten vor dem Haus.

Die Sonne schien von einem tiefblauen Sommerhimmel, die Vögel zwitscherten um die Wette und es war herrlich warm.

Einstein hatte es sich in der Zwischenzeit auf einer weiß lackierten Bank bequem gemacht und sah Tiffany schon wartend entgegen.

„Was machen wir heute?", fragte Tiffany und sah Einstein erwartungsvoll an.

„Du wirst heute noch einige andere Fellnasen kennenlernen. Ich zeige dir heute das Dorf und den neuen, großen Dorfplatz, auf dem wir unsere wöchentlichen Treffen abhalten. - Freitagabend ist wieder eins. Da werden auch alle Neuankömmlinge vorgestellt. So, nun lass uns gehen. Es gibt viel zu sehen."

Sie gingen über einen von wunderschönen Blumen gesäumten Weg dem Dorf entgegen, von dem Einstein gesprochen hatte.

Rechts und links der Dorfstraße standen schöne, bunte Häuser mit traumhaften Vorgärten, in denen ebenfalls die herrlichsten Blumen in den schönsten Farben blühten.

An manchen Fenstern der Häuser konnte man Katzengesichter erkennen, die neugierig in Tiffys und Einsteins Richtung sahen. Einige grüßten Einstein freundlich. „Du kennst hier wohl 'ne Menge Fellnasen, stimmt's?", sagte Tiffy und sah Einstein an. „Na ja.. mit der Zeit lernt man sich halt kennen. Genau so wie auf der Erde. Bin ja nun auch schon ein ganzes Weilchen hier. Aber keine Sorge, so nach und nach wirst auch du dich mit allen bekannt machen. - Die meisten sind nett hier, aber es gibt ein paar, die... wie soll ich sagen... sie halten sich für was Besonderes und sind ziemlich hochnäsig. -Mach es einfach so wie ich und geh ihnen aus dem Weg. Ist das Beste, glaub mir." „Na das klingt ja nicht so toll." Tiffy wurde sofort wieder ängstlich. „Keine Angst... ich bin immer in deiner Nähe und passe gut auf dich auf und vergiss nicht: Du hast schließlich hier auch schon Freunde."

„Siehst du das Haus da an der Ecke? Da gehen wir jetzt hin. Es ist noch ziemlich neu und ich wollte mal sehen, wer da so eingezogen ist." Vor dem Haus blieben sie stehen. Die Tür stand einen Spalt offen. Trotzdem drückte Einstein die Klingel, die die Form eines Pfotenabdrucks hatte. An Stelle eines Klingeltons ertönte ein lautes ‚Miauuuuu!' Die Beiden warteten einen Augenblick, aber drinnen rührte sich nichts.

„Seltsam", meinte Einstein. „Hallöchen... ist jemand zu Hause?" Keine Antwort. „Lass uns mal nachsehen. Hoffentlich ist nichts passiert!", sagte Einstein. „Bist du verrückt, du kannst doch nicht einfach so in ein fremdes Haus reingehen. Vielleicht ist es ja sogar gefährlich!", flüsterte Tiffany aufgeregt.

„Du kannst ja hier draußen warten. Ich werde reingehen und nachschauen was los ist." Einstein stupste die Tür ein Stückchen weiter auf und trat ein. Drinnen war alles still. Vorsichtig ging sie vorwärts. Pfötchen für Pfötchen.

Einstein sah sich um, konnte aber niemanden entdecken. „Hallo", miaute sie noch einmal ganz zaghaft. „Ich bin hier!", kam es nun aus der Ecke des großen gemütlichem Katzenwohnzimmers. Einstein folgte der Stimme und stand vor einem Wandschrank. „Nun mach doch endlich einer diese Türe hier auf!", rief von drinnen eine ungeduldige, aber sehr bekannte Stimme. Einstein öffnete die Tür und vor ihr stand ein vor sich hin schimpfender Benjamin. „Waaas, du hier?", rief Einstein überrascht. „Was machst du denn bitte in diesem Wandschrank?"

Benjamin sprang blitzschnell aus dem Schrank und schüttelte erst einmal sein schönes Fellkleid wieder in die Reihe.

„Na du kannst vielleicht Fragen stellen! Ich wohne schließlich hier. Bin gestern Abend noch hier eingezogen. Hab' da was rascheln hören und wollte sehen was es ist. Und da ist die dumme Tür hinter mir zugefallen und ich war gefangen. - Saß schon eine ganze Weile da drinnen fest. Man bin ich froh, dass du vorbeigekommen bist. Ein miaumäßiges Dankeschön, meine Liebe."

„Darf ich kurz stören?", kam da plötzlich ein kleines Stimmchen aus dem Hintergrund. Tiffany war es draußen zu langweilig geworden und als sie drinnen dann Einstein reden hörte, wurde sie doch sehr neugierig und sie kam sehr vorsichtig ins Haus.

„Ach herrje... jetzt hab ich dich in der Aufregung ganz vergessen. Bitte entschuldige Tiffylein und schau nur, wer hier eingezogen ist!" Sie deutete in Benjamins Richtung, der nun in geschmeidiger Gangart auf Tiffy zukam.

„Hallo, hallo schönes Kind. Freut mich echt, dich wiederzusehen. Hast du dich inzwischen schon etwas hier eingewöhnt?" „Na ja... ein wenig", sagte Tiffany gedehnt. Sie war halt doch eine schüchterne und sehr vorsichtige kleine Lady.

Einstein schüttelte das hübsche Köpfchen. „Da sind wir ja jetzt fast Nachbarn, mein Lieber. Das wird die Katzendamen hier mächtig durcheinander bringen, da bin ich sicher."

Benjamin hatte inzwischen damit begonnen, sein Fell gründlich zu reinigen. Er musste erstmal zur Ruhe kommen.

Tiffy und Einstein gingen Richtung Tür. „So, wir müssen jetzt weiter. Pass auf, dass du dich nicht wieder einsperrst Benji. Bis später dann. Mach's gut." Tiffy nickte auch noch einmal grüßend, dann waren die Beiden wieder draußen und gingen gemütlich weiter Richtung Dorfplatz. Es gab ja noch so viel zu sehen und zu entdecken....

Siebtes Pfötchen

Auf dem großen Dorfplatz

Sie näherten sich dem Dorfplatz und Tiffany staunte mal wieder nicht schlecht. Da standen in der Mitte des Platzes ein großer Brunnen und daneben ein riesiger Baum, auf dem sich unzählige Katzen tummelten.

Das war vielleicht ein Stimmengewirr! Alles miaute durcheinander. Da waren kleine und große, schlanke und dicke Katzen und Kater, jede auf ihre Art majestätisch schön. Außerdem standen um den Brunnen herum unzählige Bänke in den schönsten Regenbogenfarben. Und auch auf den Bänken saßen viele Katzen und man sah, dass alle miteinander viel Spaß hatten.

Und alle schienen irgendwie auf etwas zu warten, hatte Tiffany den Eindruck. „Ja. Sie warten alle auf den Abend, wenn der Regenbogen in seinen schönen Farben zu leuchten beginnt. Dann werden die Neuankömmlinge vorgestellt und wir erfahren, was es sonst noch so Neues gibt. -- Auch von der Erde und unseren Dosis hören wir, wie es ihnen so geht. Dürfte also auch für dich interessant werden, Tiffylein", sagte Einstein schmunzelnd. „Lass uns also ein gemütliches Plätzchen suchen und abwarten, was noch alles so passiert heute."

‚Ja... meine Dosis' ... Tiffy sah Einstein nachdenklich an. „Mein Frauchen und Herrchen fehlen mir sehr. Was sie wohl machen? Und wie es Dusty wohl geht?"

„Du brauchst dir wirklich keine Sorgen zu machen, es geht ihnen sicher gut. Aber wir werden heute Abend mal nachsehen, o.k.?", sagte

Einstein und stupste Tiffy tröstend ans Fellnäschen.

„Hallo ihr zwei", rief da eine wohlbekannte Stimme. Als Tiffany sich umdrehte, blickte sie direkt in Benjamins schöne blaue Augen. „Dachte mir schon, dass ich Euch hier finde, schließlich werden wieder unsere Neuankömmlinge vorgestellt. Na ja... und man will ja auch sehen, was die Erdis so machen."

„Die.... was?" Tiffany sah Benjamin fragend an. „Erdis... so nennt Benji unsere Dosis", erklärte Einstein kichernd. „Unser Benji ist nämlich sehr kreativ und hat noch so manches in Petto, was dir vielleicht etwas ungewöhnlich erscheint", fügte Einstein hinzu.

„Aha!", sagte Tiffany und sah Benji mit unverhohlener Neugier von oben nach unten an.

Die Drei hatten es sich inzwischen auf einer schönen großen Bank bequem gemacht und damit begonnen, sich ausgiebig zu putzen. Schließlich dauerte es ja noch ein Weilchen bis zur Eröffnung der Versammlung. - Außerdem war von *Roxyniah die Weise*, der allmächtigen Überkatze weit und breit noch nichts zu sehen. Und ohne sie konnte die große Versammlung ja schließlich nicht beginnen, denn sie war die allmächtige Verkünderin, die große und weiseste aller Sternenkatzen im Regenbogenland.

Je weiter der Tag voranschritt, desto voller wurde der große Dorfplatz. Es war ein herrlich buntes Bild, das sich einem bot, wenn man den Blick umherschweifen ließ. Alle Bänke hatten sich in der Zwischenzeit mit großen und kleinen Katzenkindern gefüllt, eine schöner als die Andere. Und alle schwatzten fröhlich miteinander.

Zu Tiffy, Benji und Einstein hatten sich in der Zwischenzeit auch Amanda und Takito gesellt und es ging sehr lustig zu auf ihrer Bank, denn Takito, die rote Perserdame, neckte Amanda mal wieder, und das amüsierte Tiffany und Einstein sehr. Takito war immer zu lustigen Späßen aufgelegt und deshalb überall bekannt.

Doch plötzlich stieß Tiffany Einstein mit dem Pfötchen an: „Sieh' doch nur... Da...!" Tiffany sah gebannt zum Himmel hinauf. Es war nämlich schon später Nachmittag und der Himmel hatte begonnen, sich in wunderschöne Regenbogenfarben zu färben. Die Farben waren so intensiv, dass sie auch die Fassaden der Häuser erfassten und bunt und schön erscheinen ließen. Ein Raunen ging über den Dorfplatz und langsam wurde es still und alle sahen zu dem Brunnen, der nun ebenfalls in bunten Farben leuchtete. Denn da saß sie nun, majestätisch schön und von einem hellem, warmen weißen Licht umgeben: Roxyniah die Weise. Sie war sehr groß, schneeweiß mit großen blauen Augen. Ihr Fell schien zu leuchten.

Inzwischen war es mäuschenstill geworden. Niemand gab auch nur noch einen Pieps von sich. Alle sahen wie gebannt auf Roxyniah. Auch Tiffany sah wie gebannt auf das, was sich da vor dem Brunnen ereignete.

„Ich grüße Euch, meine Regenbogenkinder!", erhob Roxyniah ihre klangvolle Stimme.

„Es ist wieder mal an der Zeit, die Neuen unter uns willkommen zu heißen! Wenn ich gleich die Namen verlese, möchte ich diejenigen bitten, zu mir zu kommen und sich in einer Reihe aufzustellen, damit alle die hier her gekommen sind, die neuen Regenbogenkinder gebührend begrüßen können.

Anschließend werden wir gemeinsam sehen, wie es unseren Menschen und Spielkameraden, die wir auf der Erde zurückgelassen haben, inzwischen ergangen ist, und ob wir vielleicht einige von ihnen demnächst hier in unserer Mitte begrüßen dürfen. -

Danach werde ich Euch Neuigkeiten über unser schönes Regenbogenland bekannt geben und zum Schluss dürfen selbstverständlich wie immer, Fragen gestellt werden. Ich werde versuchen, alle zu beantworten." Während die große, weise Roxyniah das sagte, sah sie hoheitsvoll in die Runde und betrachtete wohlwollend all ihre Regenbogenkinder, die ihr alle mit großer Aufmerksamkeit zugehört hatten.

„So... nun darf ich all unsere neuen Sternchen zu mir an den Brunnen bitten, sobald sie ihren Namen gehört haben." Mit diesen Worten nahm sie eine große Papierrolle entgegen, die ihr von ihrer Begleiterin, einer Glückskatze mit dem interessanten Namen Drusella, gereicht bekam.

Tiffanys Herzchen klopfte jetzt ganz aufgeregt und sie sah Einstein ängstlich an. „Muss das sein?" Einstein berührte Tiffy beruhigend mit der Pfote. „Hab keine Angst... wenn du gleich aufgerufen wirst, wirst du ganz ruhig werden. Alles wird gut."

Dann verfolgten die Beiden gebannt, wie sich so nach und nach die Reihe vor der Bühne zu füllen begann. Eine Katze nach der anderen wurde aufgerufen. Dann war es endlich so weit: „Tiffany von Nanda Devi!", hörte Tiffy ihren Namen und alle sahen in ihre Richtung.

Tiffany erhob sich und schritt langsam über den weinroten weichen Teppich, der extra für die neuen Sternchen ausgebreitet worden war. Er war über und über bestreut mit bunten Regenbogenblüten. Mit jeder Pfötchenlänge, die Tiffany in Richtung Brunnen auf Roxyniah zumachte, bemerkte sie, wie sie auf einmal immer ruhiger wurde. All die Angst, die sie vorher hatte, war verflogen und eine große Ruhe schlich sich ganz allmählich in ihr kleines Herzchen.

Während sie nach vorne schritt, sah sie all die warmen, freundlichen und wohlwollenden Blicke der anderen Katzen und Kater, die schon länger im Land hinter dem Regenbogen weilten. Und jede von ihnen nickte ihr aufmunternd und grüßend zu. Das gefiel Tiffany sehr und sie schritt nun voller Zuversicht auf den Brunnen und Roxyniah zu.

Dann stand Tiffany vor Roxyniah und wagte zuerst nicht den Blick zu heben.

„Hallo mein neues Sternenkind, das du Tiffany von Nanda Devi gerufen wurdest auf der Erde. Sei herzlichst willkommen bei uns hier im Land hinter dem Regenbogen! Möge von nun an all deine Zeit mit Freude und schönen Dingen angefüllt sein. Du wirst nun für alle Ewigkeit behütet und beschützt sein!"

Mit diesen Worten legte Roxyniah ihre große weiße Pfote auf Tiffanys Köpfchen und als Tiffy nun endlich in die wunderschönen und gütigen Augen von Roxyniah sah, spürte sie, wie ein tiefer Frieden über sie kam. Sie fühlte sich glücklich.

Danach stellte sie sich in die lange Reihe zu den Neuankömmlingen, die schon begrüßt worden waren und beobachtete, wie nach ihr noch viele andere gerufen wurden, und nacheinander nach vorne kamen, bis schließlich alle in der ersten Reihe direkt vor dem Brunnen standen.

Dann erhob Roxyniah erneut ihre klangvolle Stimme: „So, meine Sternenkinder, nun wollen wir, wie es bei uns Sitte ist, unsere Neuankömmlinge alle gemeinsam mit unserem Willkommensruf begrüßen." Mit diesen Worten erhob sie ihre Pfote. „Also,... auf Drei! - Eins-Zwei-Drei!!"

Und auf Drei erklangen hunderte von Katzenstimmen auf einmal mit einem großen und lauten: „MIAUUUUUU!!!"

Tiffanys blaue Augen waren ganz groß und rund. Ein solches Miau hatte sie noch niemals gehört. - Wie beeindruckend das war.

Als dann wieder alle Katzenstimmen verstummt waren, sagte Roxyniah: „Die neuen Sternenkinder dürfen für den Rest der Versammlung, wie es bei uns üblich ist, hier vorne bei mir bleiben.

Kommen wir nun zum nächsten Punkt unserer Tagesordnung: was machen unsere Dosis und Spielkameraden auf der Erde und wer wird demnächst zu uns über die Regenbogenbrücke kommen!"

Während sie dies sagte, wandte Roxyniah ihren Blick dem Springbrunnen zu und berührte mit der Pfote die Wasserfontäne, die augenblicklich klar wurde. Und dann konnte man in dem Wasserspiel plötzlich alles erkennen, was auf der Erde geschah.

Es war mäuschenstill und alle sahen gebannt zu dem Brunnen, denn alle wollten natürlich gerne wissen, wie es den Menschen und Spielkameraden in der Zwischenzeit ergangen war.

Da gab es schon eine Menge zu sehen.

Die Neuankömmlinge sahen ihre traurigen Erdenmenschen und all die Spielgefährten, die sie zurücklassen mussten. Und alle trauerten um die Sternenkinder.

Aber man sah auch, wie viele auf dem Weg zur Regenbogenbrücke waren, und das war für so manches Sternenkätzchen ein Grund zur Freude, denn bald würde es ein lang ersehntes Wiedersehen geben.

Auch Tiffany sah ihre geliebten Menschen, die um sie trauerten, und dann sah sie noch etwas anderes: Sie sah Dusty. Und sie traute ihren Augen kaum, denn Dusty machte sich allmählich auf den Weg zur Regenbogenbrücke. Tiffany war plötzlich ganz aufgeregt und sah zu Einstein und Benji hinüber. Auch die Beiden hatten gesehen, dass Dusty sich auf den Weg machte, zu ihnen über die Regenbogenbrücke zu kommen. Einstein nickte Tiffy zu.

Da hörte sie erneut Roxyniahs Stimme: „Einige von uns müssen sich bald auf den Weg machen, um einige Neuankömmlinge von der Brücke abzuholen, deshalb wollen wir mit unseren Tagesordnungspunkten fortfahren.

Es gibt einige Neuigkeiten, die ich noch vermelden möchte.

Wir haben ein neues Aufenthaltshaus am Eingang des Dorfes, das wir ‚Schnurrhäuschen‘ genannt haben.

Und, wie einige schon bemerkt haben werden, gibt es ein neues Café für gemütliche Plaudereien. Es heißt: Cat's Corner. Es wird dort am kommenden Sonntag eine große Eröffnungsparty stattfinden. Die amerikanische Rockgruppe ‚Felix und die Schnurrhaarwackler‘ wird dort live spielen. Für allerlei Katzenleckereien ist natürlich auch gesorgt.

Dann wird ab kommenden Samstag auf der Lichtung im Regenbogenwald wöchentlich ein gemütliches Grillfest stattfinden mit anschließendem Tanzvergnügen. ‚Molli-Mäuseschreck und die Piepsstimmchen‘, und

‚Hembelbert der Schmusesänger‘ sorgen für Eure Unterhaltung.

So... meine geliebten Sternenkinder, wie versprochen, stehe ich noch für Eure Fragen zur Verfügung. Stellt Euch hintereinander in einer Reihe auf.

Den anderen, die keine Fragen mehr haben, wünsche ich bis zum nächsten Mal eine schöne Zeit hier in der Ewigkeit.“

Damit war die Versammlung beendet. Nur die, die noch ganz spezielle Fragen hatten, blieben und stellten sich geduldig in einer Reihe an.

Tiffany eilte schnell zu Einstein und Benji. „Dusty kommt!!", rief sie ganz aufgeregt. „Ja-ja ich weiß und wir müssen uns auch gleich auf den Weg machen, um ihn an der Regenbogenbrücke in Empfang zu nehmen. - Was ist mit dir, Benji? Kommst du mit uns, den Neuen begrüßen?"

„Klar komme ich mit. Bin schon mächtig gespannt auf Dusty!"

So machten sich die Drei sogleich auf den Weg zur Regenbogenbrücke.

Achtes Pfötchen

Dusty kommt

An der Regenbogenbrücke herrschte wie immer ein buntes Treiben. Genau wie bei Tiffanys Ankunft vor einiger Zeit...

Tiffany stand da und reckte den Kopf um ja nicht Dustys Ankunft zu verpassen.

Sie hatte ihn ja so vermisst. Endlich würden sie wieder zusammen sein und umhertoben können.

Dann standen die Drei da und warteten. Da kamen viele große und kleine Katzen über die Brücke. - Auch Menschen kamen an und schlossen in großer Wiedersehensfreude ihre geliebten Tiere endlich wieder in die Arme.

Tiffany hielt weiter nach Dusty Ausschau. „Hast du ihn schon gesehen?", wollte Einstein wissen. „Nein, bis jetzt noch nicht. Aber es kann ja nicht mehr lange dauern.", meinte Tiffany. „Ist er nett?", wollte Benji wissen. „Ja, sehr...", sagte Tiffany. „Und es wird niemals langweilig mit ihm. Er sucht immer nach neuen Abenteuern", schwärmte Tiffy.

„Na, das klingt ja nach einem Kumpel ganz nach meinem Geschmack", meinte Benjamin sehr interessiert.

„Da ist er! Ich seh' ihn. Da hinten kommt er! Dusty, Duuuuusty!! Hier bin ich." Sie fuchtelte wild mit ihrem Pfötchen in der Luft herum und war ganz aufgeregt.

Auch Dusty, der bis dahin etwas verwirrt, aber auch sehr neugierig dreinschaute, hatte Tiffany nun gesehen und stellte die Öhrchen auf und seine Augen wurden groß und rund.

„Das darf doch nicht wahr sein.... sie ist es wirklich...Meine kleine Tiffany!! -- JUCHUUUH"

Dann rannte er los, so schnell ihn seine kleinen Pfötchen trugen. Direkt auf die kleine wartende Gruppe zu.

„Tiffy, mein Tiffylein, bist du's wirklich?", rief er aufgeregt. „Oh meine kleine geliebte Tiffany, endlich seh' ich dich wieder!"

Sie herzten und drückten sich, küssten sich gegenseitig aufs Näschen. Es war eine überwältigende Wiedersehensfreude. - Sie hatten einander so sehr vermisst.

Einstein und Benjamin hielten sich bescheiden im Hintergrund und betrachteten die Beiden amüsiert.

Dann, nach einer Weile, Tiffany und Dusty waren völlig außer Atem, sagte Tiffy: „Oh, Verzeihung, ich hatte vor lauter Freude alles um mich herum vergessen. Das hier sind Einstein und Benjamin. Die beiden waren vor uns bei unseren Dosis."

Dusty sah Benjamin und Einstein an: „Schön Euch kennenzulernen. - Was geht denn hier so ab? Wo geht's denn nun lang?" Dusty war, so wie es schon immer seine Art gewesen war, sehr neugierig und ganz wild darauf, seine neue Umgebung genau in Augenschein zu nehmen. - „Na, ich sehe schon... mit dir werden wir ‚ne Menge Spaß bekommen!", rief Einstein belustigt aus. „Komm mit, wir gehen in diese Richtung", mit diesen Worten wies Einstein zu der riesigen Rolltreppe, auf der Tiffany auch schon in die nächste Ebene gefahren war.

„Was ist denn das für ein Ding?" Dusty sah etwas misstrauisch auf die große Rolltreppe. „Na komm schon. Ist super bequem dieses Teil." Einstein ergriff Dustys Pfötchen und zog ihn auf die Rolltreppe. „Liiiiiieh - was ist denn das?" Tiffany und Einstein mussten lachen. „Tja... das hab ich auch schon hinter mir", sagte Tiffany. Dann fuhren alle gemeinsam mit der Rolltreppe in die nächste Ebene.

„Also du wirst staunen, was es hier alles so gibt", rief Einstein Dusty zu. „Wir werden ‚ne Menge Spaß zusammen haben, wirst schon sehen!" Tiffany war begeistert und freute sich auf die kommende schöne Zeit zusammen mit Dusty und all den anderen, die sie hier bereits kennengelernt hatte.

Ebenso wie Tiffany wurde auch Dusty in die Villa Regenbogen eingeführt und er suchte sich ein kuscheliges Schlafplätzchen für die Nacht aus. - Natürlich lag es direkt neben dem von Tiffany.

An den kommenden Tagen wurde Dusty überall herumgeführt und allen vorgestellt und Dusty schloss schnell Freundschaft mit denen, die er kennengelernt hatte.

Neuntes Pfötchen

Cat's Corner

Als Tiffy und Einstein vor dem Café ankamen, wartete bereits eine lange

Schlange am Eingang ungeduldig darauf, rein gelassen zu werden. Alle miauten durcheinander.

Eigentlich hätte doch schon längst Einlass sein sollen, aber es gab mal wieder irgendeine Verzögerung.

„Ach du meine Güte!", rief Einstein entsetzt. „Was für eine lange Schlange. Das kann ja heiter werden. Bestimmt hat Ossi, der Kartenabreißer mal wieder die Zeit verschlafen. Ausruhen und schlafen sind nämlich gleich nach Futtern seine beiden Lieblingsbeschäftigungen, musst du wissen." Einsteins suchender Blick hielt nach Bekannten Ausschau.

Da entdeckte sie Amanda und Takito weiter vorne in der Schlange. „Huhu!", rief Amanda und winkte Tiffy und Einstein fröhlich zu. „Wir sehen uns drinnen. Kommt doch an unseren Tisch. Wir halten Euch zwei Plätze frei - direkt vor der Bühne!"

„Ach herrje... auch das noch", murmelte Einstein leise. „Direkt vor der Bühne... dann bin ich die nächsten drei Tage bestimmt wieder stocktaub."

Ganz allmählich kam Bewegung in die Warteschlange und die ungeduldigen Samtpfötchen drängelten sich durch die schmale Eingangstür, vorbei an Ossi, der noch etwas verschlafen und mürrisch die Karten abriss.

Drinnen sah sich Einstein um und entdeckte schließlich Amanda und Takito an einem runden Tisch direkt vor der Bühne. „Da seid ihr ja! Macht's euch bequem. - Sieht so aus, als ob es wieder tierisch voll wird." Tiffy und Einstein setzten sich neben Amanda. Tiffany seufzte: „Hach ist das voll hier! So was mag ich eigentlich gar nicht leiden. Hoffentlich lohnt sich der ganze Stress hier! - Hey, da ist ja auch Dusty! Huhu, Dusty! Hierher mit dir. Ist noch ein kleines Plätzchen frei für dich an meiner Seite!!"

Dusty hatte Tiffy auch gesehen und drängte sich durch die dichte Menge hin zu Tiffany. „Mann... dass du an so einer Veranstaltung freiwillig teilnimmst, ist ja 'n Ding, Kleine. Hast dich ganz schön gemausert in der Zeit, wo wir uns nicht gesehen haben. - Bin schwer beeindruckt. Rutsch mal noch ein Stückchen." Mit diesen Worten schubste er Tiffy ein kleines Stück in Amandas Richtung. „He, pass doch auf!" Amanda sah etwas verärgert aus. „Immer diese wilden Neuen!"

Alle warteten gespannt auf den Beginn des Konzertes. Dann öffnete sich endlich der Vorhang und das Spektakel begann.

Das Konzert war großartig und alle anwesenden Katzen waren hellauf begeistert von der tollen Darbietung. - Am Ende gab es wie immer tosenden Applaus und immerhin 3 Zugaben. Danach machten sich alle auf den Heimweg.

Tiffany kicherte und Einstein brummte sich was in den Bart. Laut meinte sie: „Oh Mann... jetzt bin ich tatsächlich schwerhörig. - Was für ein ohrenbetäubender Lärm das war!" „Quatsch!" Tiffy sah Einstein amüsiert an. „Also ich fand's echt spektakulär. Hat mir gefallen. - Hätte ich nicht gedacht. War sicher nicht das letzte Mal, dass ich mir ein Konzert von denen angehört habe."

„Konzert nennst du den ohrenbetäubenden Katzenjammer??" Einstein war entsetzt. „Aber von mir aus... Die Geschmäcker sind glücklicherweise verschieden." Tiffany und Einstein kicherten und trabten langsam Richtung Villa Regenbogen, wo schon ihre gemütlichen Kuschelplätzchen auf die Beiden warteten.

Zehntes Pfötchen

Dusty erobert das Spielzeugland

„He du Schlafmütze, aufstehen!! Mach schon und werd' endlich wach!" Dusty stupste Tiffany ungeduldig an. „Oh mein Gott... seit dem du hier bist, kann ich nicht mehr in Ruhe ausschlafen. Was gibt's denn so früh am Morgen, außer vielleicht ein gutes Frühstück?"

„Mensch Tiffany... sei doch nicht so langweilig. Es gibt hier doch soooo viele Abenteuer, die nur auf m i c h warten!" Während er dies sagte, reckte er keck seine kleine Fellnase in die Luft. „Also raus aus der Falle, wir müssen los!!" Dustys wunderschöner buschiger Schwanz klopfte ungeduldig auf den Boden. Tiffany gähnte herzhaft und räkelte sich genüsslich in ihrer kuscheligen Liegemulde. „Also gut, du Nervensäge. Aber vorher brauche ich erst mal ein gutes Frühstück."

Nachdem Tiffy und auch Dusty ausgiebig gefrühstückt hatten, verließen sie die Villa Regenbogen und sahen sich im Garten um. Einstein saß auf einem Hocker und erwartete Tiffy und ihren Begleiter schon. „Na ihr Beiden, was wollen wir heute mal unternehmen? Irgendwelche speziellen Wünsche?" Noch ehe Tiffany etwas sagen konnte, rief Dusty: „Oh bitte, bitte lasst uns ins Katzenspielzeugland gehen! Geh'n wir hin? Ja?" Dustys wohlklingende Stimme überschlug sich fast vor Eifer und Unternehmungslust. „Also gut, auf ins Spielzeugland. - Aber morgen machen wir einen Ausflug zur Lichtung im Regenbogenwald. Da ist nämlich morgen die große Sommerparty." „Klar… Sommerparty klingt auch so ganz nach meinem Geschmack", meinte Dusty fröhlich.

Die Drei machten sich also auf den Weg ins Spielzeugland.

„Cat toys", las Dusty die großen bunten Buchstaben über dem Eingang und schwupps... weg war er. Verschwunden im Inneren des riesigen Ladens. Tiffany und Einstein saßen in der Nähe des Eingangs und beobachteten Dusty amüsiert dabei, wie er von einem Riesenspielzeugberg in den nächsten sprang. Und von einem Kratzbaum auf den nächsten turnte. „Ist das irre!", kreischte er quer durch den ganzen Laden. Die kleinen bunten Plüschmäuse und Spielsachen flogen nur so durch die Gegend.

Dusty hatte eine Menge Spaß und als er zurück zu Tiffy und Einstein kam, brachen die Beiden in schallendes Gelächter aus. Dusty hatte 5 verschiedene Fellmäuse im Mäulchen und stand nun mit weit aufgerissenen Augen vor Tiffy. Er ließ sie alle 5 vor Tiffany fallen und sagte: „Ich konnte mich einfach nicht entscheiden, da hab ich sie halt alle mitgenommen, die mir gefallen haben. - Ist das ein Problem?"

Einstein schüttelte belustigt den Kopf. „Na du bist ja ein lustiger Vogel! Natürlich kannst du dir so viele Spielsachen nehmen wie du magst, aber dass einer mit 5 verschiedenen Teilen auf einmal ankommt, ist mal was Neues für mich." „Das ist ganz typisch Dusty!", kicherte Tiffany.

Sie spielten und tobten den ganzen Nachmittag, bis der Himmel sich am Horizont in den schönsten Regenbogenfarben verfärbte und es Zeit war, den Weg zurück zur Villa Regenbogen anzutreten.

Elftes Pfötchen

Geheimnisse im Regenbogenwald

Ein neuer Tag im Land hinter der Regenbogenbrücke war angebrochen und die Sonne strahlte von einem azurblauen Himmel. Ein seichter warmer Wind bewegte die Blätter des großen Baumes im Garten der Villa Regenbogen. Von Drinnen drang lustiges Stimmengewirr der vielen Bewohner nach draußen. Alle waren fröhlich und freuten sich auf einen neuen Tag im Regenbogenland.

„Und ich sage dir, da geht irgendwas ganz geheimnisvolles vor sich." „Quatsch! Was soll es da schon geheimnisvolles geben, hä?" „Wenn ich's dir doch sage. Ganz sicher ist da was ganz sonderbares und mysteriöses an diesem Ort!" Tiffy sah Dusty mit ihren großen, blauen Augen eindringlich an. - „Also gut: lass uns heute hingehen und nachsehen, o.k.?"

Nun war Dusty doch ganz schön neugierig geworden und er wollte jetzt unbedingt wissen, was es auf sich hatte mit der geheimnisvollen Lichtung im Regenbogenwald. „Haltet ihr das wirklich für eine gute Idee? Schließlich ist doch heute die große Sommerparty auf der großen Lichtung." Einstein neigte nachdenklich den Kopf. „Na wenn wir doch sowieso schon mal dort sind, dann können wir doch auch gleich mal diesem so genannten großen Geheimnis auf die Spur kommen, oder was meint ihr?"

Dusty sah Tiffy und Einstein unternehmungslustig an. „Na klar... uiiii wird das ein Spaß!!" Tiffys Schwanzspitze wippte aufgeregt hin und her. „Also ihr Beiden seid manchmal echt anstrengend, wisst ihr das?", seufzte Einstein. „Also schön... wir werden sehen, was der Tag so bringt."

„Hallo ihr Drei!", rief da plötzlich eine wohlbekannte Katerstimme. „Wie wär's denn, wenn wir zusammen auf die große Party heute gehen? Das wird sicher ein Mordsspaß werden, meint ihr nicht?" Mit diesen Worten gesellte sich Benji zu den Dreien und sah sie neugierig an.

Ganz besonders Dusty erregte Benjis Interesse. „Na... hast dich schon etwas eingelebt hier?", fragte Benji. „Klar doch. War gar nicht so schwierig. Wenn da nur nicht..." - Tiffany legte ihr zartes Pfötchen auf Dustys Vorderpfote. „Ich weiß genau was du jetzt denkst und mir geht es genauso. - Du vermisst unsere Erdenmenschen auch, nicht wahr?"

Dusty nickte nachdenklich mit dem Kopf und sah einen Moment betrübt auf den Boden. „Mein Knuddelfrauchen fehlt mir sehr. Und Herrchen erst... der konnte mich immer soooo schön kraulen. Ich hoffe, dass wir uns eines Tages wiedersehen werden. Werden wir doch, nicht wahr Tiffany?" „Ich bin ganz, ganz sicher. Wir werden wissen, wenn es soweit ist. Und dann treffen wir sie an der Regenbogenbrücke. Aber bis dahin brauchen wir noch ein wenig Geduld.

Und nun Schluss mit Trübsal blasen. Schließlich ist doch heute eine Riesenparty angesagt, oder?"

Die Anderen nickten zustimmend. „Dann lasst uns gehen und endlich Spaß haben!" Benji ging voran in Richtung Regenbogenwald.

Es war ein wunderschöner und sonniger Tag im Regenbogenland und überall war fröhliches Vogelgezwitscher zu hören. Herrlich bunte Schmetterlinge flogen durch die Luft und landeten auf noch viel bunteren und unglaublich schönen Blütenkelchen, von denen unendlich viele auf der großen Wiese direkt am Waldrand standen.

Dusty fühlte sich gut und war zu immer neuen Späßen aufgelegt. Tiffany und die Anderen kicherten und alberten den ganzen Weg zur großen Lichtung herum.

Den Weg durch den Wald säumten saftige Sträucher und duftende Gräser, eben alles, was ein Katzenherz höher schlagen lässt.

Die Sonnenstrahlen tanzten durch das dichte Laub der Bäume und zauberten bizarr schöne Bilder auf den weichen Waldboden.

Plötzlich sah Dusty auf. Da war doch was? „Habt ihr das gerade auch gesehen?", wollte er von Tiffy und den anderen wissen. „Nö... was war denn?" Benji sah Dusty fragend an. „Na da drüben war ebenso eine Art Aufblitzen." Dusty deutete an den

Sträuchern vorbei und da sah Benji es auch. „Was das wohl ist?", fragte er nachdenklich und sehr neugierig.

Auch Tiffy und Einstein hatten das seltsame Aufblitzen hinter dem großen Busch inzwischen bemerkt.

„Lasst uns lieber weitergehen", meinte Tiffy etwas ängstlich. „Finde ich auch", sagte Einstein und nickte Tiffany zu. „Das riecht ganz fürchterlich nach Ärger!" „Heilige Makrele! Das riecht nicht nach Ärger, sondern nach jeder Menge Abenteuer! Nichts wie hin. Vielleicht ist es ja sogar ein Schatz", rief Dusty begeistert und höchst abenteuerlustig aus. „Du hast Recht, mein Guter. Lass uns nachsehen was das ist", stimmte Benji Dusty zu.

„Also gut... lasst uns sehen, was es da so Geheimnisvolles zu sehen gibt. Sonst geben die Beiden eh keine Ruhe", sagte Einstein, und so machten sich die vier auf vorsichtigen Pfoten auf den Weg durch das Gebüsch.

Ganz leise setzten sie Pfote vor Pfote, immer darauf bedacht, keinerlei Lärm zu machen. So, wie das eben nur Katzen tun. Leise... ganz, ganz leise.

„Sieh doch nur dieses seltsame Licht da vorne", flüsterte Benji Dusty aufgeregt zu.

Sie näherten sich dem großen Busch, der die Sicht auf das Leuchten verdeckte. Alle vier hatten sich vorsichtig und leise herangeschlichen. Dusty hob nun langsam die Pfote und schob vorsichtig einen Zweig des Busches zur Seite.

Und dann sahen sie es:

„Wow, sieh dir das an!" Den Vieren blieb vor Staunen das Mäulchen offen stehen.

Vor ihnen lag eine kleine Lichtung. Mitten auf der Lichtung war ein Baumstumpf, der von einem seltsamen, goldenen Leuchten umgeben war. Aber das eigentlich Merkwürdige war ein goldenes Buch, von dem ein Strahlen ausging, so wie sie es noch nie zuvor gesehen hatten.

Die vier kleinen Abenteurer starrten wie gebannt auf dieses Buch. Wie magisch angezogen traten sie langsam näher. Keiner sprach ein Wort. Nicht einmal ein klitzekleines Miau war zu hören. Und sogar Dusty und Benji blickten fasziniert auf das vor ihnen liegende Buch. Tiffany sah auf die goldenen Buchstaben und fand als erste die Sprache wieder. „Sieh doch nur, der Text in dem Buch verändert sich ja immerzu. Versteht ihr das?" Dustys Neugierde siegte über sein Misstrauen. Er erhob seine Pfote und wollte das Buch ganz vorsichtig berühren. Doch da geschah es: Noch ehe sein

Pfötchen das Buch berühren konnte, begann plötzlich der Boden zu beben und ein lautes Donnergrollen erfüllte die Luft. Dusty und Tiffany sprangen erschrocken zurück. Einstein und Benji kreischten laut auf.

Mit weit aufgerissenen Augen sahen sie auf den Baumstumpf, denn über dem Buch erschien plötzlich ein großes Gesicht, das sie sehr grimmig ansah.

Das Gesicht wurde umrahmt von dichtem weißem Haar. Die Augenfarbe war so tiefblau wie ein Bergsee und über ihnen thronten buschige, weiße Augenbrauen, zwischen denen sich nun eine steile Ärgerfalte gebildet hatte. Um den Mund herum befanden sich kleine Grübchen, die eigentlich so gar nicht zu dem grimmigen Gesichtsausdruck passen wollten und einen erahnen ließen, dass dies eigentlich ein freundliches Gesicht war, das wohl gerne zu lachen schien. Der große

Kopf wurde von einem warmen Licht umrahmt, was dem ganzen irgendwie etwas Unwirkliches verlieh.

„Ihr wagt es, ungefragt hierher zu kommen und das Buch der Veränderung zu berühren? Wisst ihr nicht, dass das strengstens verboten ist? Nur der großen Roxyniah ist es erlaubt, das Buch zu berühren und in ihm zu lesen"

Dusty schluckte schwer. Aber dann wurde er richtig ärgerlich und sagte mutig:

„Zum Donnerwetter, du hast mich vielleicht erschreckt! Und schrei nicht so. Wir sind schließlich nicht taub! - Und überhaupt... was für ein komisches Ding bist denn du? Und wo ist dein Körper? Warum hast du nur so ein großes Gesicht und sonst nichts weiter. Und wieso ..."

„Schweig still, du vorlauter und neunmalkluger Neuankömmling!" „Wow... wie machst du das, dass dein großes Gesicht plötzlich so eine ritzerote Farbe gekriegt hat?", fragte Dusty ungerührt. Er ließ sich nicht beirren und starrte das über dem geheimnisvollen Buch schwebende Gesicht mit unverhohlener Neugier an.

Der Boden erbebte erneut. Dieses Mal viel heftiger als das erste Mal. Die tiefblauen Augen in dem schwebenden Gesicht waren nun wie zwei Blitze auf Dusty gerichtet. „Sag mir sofort deinen Namen, Neuankömmling!"

Dusty neigte sein hübsches Köpfchen leicht nach rechts und sah furchtlos in das große Gesicht mit den blitzenden Augen. „Also ich bin der Dusty. Dusty von Nanda Devi um ganz genau zu sein. Und nun wird's ja mal Zeit dass du aufhörst hier so herumzuschreien. Da tun einem ja die empfindlichen Kateröhrchen fürchterlich weh von. - Und mal davon ganz abgesehen: Findest du nicht, dass du, statt uns so anzuschreien, endlich mal deinen Namen verraten solltest?"

Dusty hob sein süßes Näschen kess in die Höhe, um seine Forderung damit zu unterstreichen. Tiffy, Einstein und Benji starrten sprachlos auf die Szene, die sich vor ihnen abspielte.

Dusty hatte sich inzwischen hingesetzt und klopfte ungeduldig mit dem rechten Vorderpfötchen auf den Waldboden.

„Du bist sehr mutig, kleiner Neuankömmling Dusty. Hast du denn gar keine Furcht?" Die Stimme des großen Gesichts war deutlich leiser geworden. Ohne Dustys Antwort abzuwarten, sprach die Stimme weiter:

„Hmmm...na gut. Da ihr hier neu seid, will ich etwas Nachsicht üben.

Dieses Buch hier, wird das goldene Buch der Veränderung genannt. Es ist das Buch aller vergangenen Zeiten und der zukünftigen.

Aber vor allem ist es ein Buch, das sich ständig verändert. Es schreibt sich ganz von allein. Niemand außer Roxyniah darf es je berühren, und ich bin Odos, sein Wächter!"

„Soso...ein Wächter bist du also", sagte Dusty und sah Odos nachdenklich an.

„Was steht denn so drin in diesem sonderbarem Buch?", wollte Dusty wissen. „Steht da auch was über meine Erdenmami drin?", bohrte Dusty weiter. „Nur die große Roxyniah weiß, was in dem Buch geschrieben steht. Wenn es an der Zeit ist, wirst du erfahren, was dir so wichtig ist. Nicht früher!" Die Stimme des Wächters war wieder lauter und energischer geworden.

Dusty entschied sich dazu, jetzt lieber nicht weiter zu fragen.

Da erhob der Wächter erneut seine Stimme: „Aber es gibt da die Halle der Erinnerungen. Ich weiß, ihr wollt so manches wissen und Eure Neugierde ist so groß, wie sie es nur bei Katzen sein kann.

Wenn ihr diese Halle findet, werdet ihr auch Antworten auf Eure Fragen finden. - Aber es wird nicht leicht sein, zu dieser Halle zu kommen. Da gibt es so einige Rätsel, die zu lösen sind. Überlegt es Euch gut!

Wenn ihr Euch jedoch dafür entscheidet, die Halle zu suchen, müsst Ihr zuerst Winky, die Einäugige, finden. Sie wird Euch weiterhelfen."

Dusty öffnete sein kleines Mäulchen zu einer weiteren Frage, aber das Gesicht verschwand noch bevor Dusty etwas sagen konnte.

Nur das Leuchten über dem Buch war geblieben und man konnte sehen, wie sich die goldenen Buchstaben ständig veränderten.

Merkwürdig war jedoch, dass man die Buchstaben zwar sehen, aber dennoch nicht lesen konnte, weil irgendetwas den Leser daran hinderte, was nicht zu erklären war.

Es war eben sonderbar und geheimnisvoll und sollte zu einem späteren Zeitpunkt noch eine ebenso geheimnisvolle Rolle spielen...

Die vier Abenteurer sahen sich nachdenklich an und Tiffany meinte dann: „Was haltet ihr von dieser Halle der Erinnerungen?" Dustys Schwanzspitze wippte vorwitzig hin und her. „Also ich würde mir diese Halle gerne mal genauer ansehen. Wie ist das mit Euch?" Dusty sah fragend in die Runde. Benji nickte Dusty zu. „Na worauf warten wir denn dann hier noch? Auf geht's... zur Halle der Erinnerungen. - Bin mal gespannt, was das so für Erinnerungen sind!" Einstein verdrehte die Augen. „Oh Mann... von einem Ärger zum nächsten. Wieso tue ich mir das nur an?" „Weil du genauso neugierig bist wie wir, meine Liebe!", rief Benji und stupste sie freundschaftlich an.

Dusty, Benji, Tiffany und Einstein machten sich also auf den Weg, die Halle der Erinnerungen zu finden.

Sie hatten sich eine ganze Weile beraten und die natürliche Neugierde, die jeder Katze zu eigen ist, hatte am Ende gesiegt. - Und nun waren sie auf dem Weg...

Zwölftes Pfötchen

Auf dem Weg zur Halle der Erinnerungen

„Hat jemand eine Idee, wie wir nun diese Winky die Einäugige finden können?", fragte Einstein nachdenklich. Benji sah Einstein an: „Also ich denke, wir sollten Amanda mal fragen. Sie hat ihre Augen und Ohren überall und weiß immer was überall so los ist. Was meint ihr?" Tiffany nickte eifrig. „Au ja! Ich mag Amanda. Sie ist immer so freundlich und lustig." Benji setzte sein schönstes Katergrinsen auf. „Ja... irgendwie ist sie niedlich, die Kleine. - Und hübsch noch dazu." „B e n j a m i n !!!", schimpfte Einstein laut los. „Du alter Schwerenöter. Lass Amanda in Ruhe und denk lieber über unser Vorhaben nach!" Manchmal konnte Einstein richtig streng sein. Aber nur manchmal.

Auf dem großen Dorfplatz war wie fast immer jede Menge los. Es war ein fröhliches Katzenstimmengewirr, das Dusty und die anderen empfing, als sie dort eintrafen. Sie waren sicher, dass sie Amanda irgendwo in dem lustigen Durcheinander finden würden. Und so war es auch. Amanda hockte gemütlich neben Takito auf der obersten Stufe unterhalb des großen Brunnens und döste in der warmen Mittagssonne vor sich hin.

„Hey ihr Beiden", rief Benji schon von weitem. „Träumt ihr mal wieder von fliegenden Fischen oder so?" Amanda öffnete etwas träge die Augen und sah Benji an. „Willst du mit mir flirten oder suchst du mal wieder jemanden?", sagte sie ziemlich direkt. Es war ihre Art immer gleich auf den Punkt zu kommen. Ihr konnte man so schnell nichts vormachen.

„Was hat denn der Nanda-Devi-Clan auf dem Herzen?" Dusty riss sei-

ne schönen blauen Augen weit auf:"
Der was-für-ein-Clan?" Das hatte er ja
noch nie gehört. Amanda kicherte.

„Weißt du das denn nicht? So werdet ihr vier hier doch überall genannt.
Ihr kamt von der Erde hierher und
wart alle aus derselben Katzenfamilie.
- Und ihr steckt hier fast immer zusammen. Manche nennen Euch auch
die Viererbande. Ihr seid hier ganz
schön bekannt geworden. Und alle
mögen Euch, weil ihr so lustig und
immer zu Streichen und Abenteuern
aufgelegt seid. Und nicht zuletzt deshalb, weil ihr immer ein offenes Ohr
habt für die Sorgen der Anderen und
helft, wo ihr könnt. Tja... und so was
spricht sich halt schnell rum."

Amanda sah Dusty freundlich an.
„Also, mein Lieber, wie kann ich Euch
helfen?" Dusty gefiel, was er da so
hörte. Aber er ließ sich nicht von seinem eigentlichen Plan abbringen.
„Wir sind auf der Suche nach Winky

der Einäugigen. Weißt du wo wir sie finden können?" Dusty sah Amanda abwartend an. „Ihr sucht Winky? - Das wird nicht so einfach werden. Sie lebt in einer kleinen Scheune hinter dem Regenbogenwald. Aber ihr müsst vorsichtig sein, wenn ihr wirklich zu ihr wollt. Sie wird gut bewacht, denn sie ist sehr misstrauisch. Was wollt Ihr denn von ihr?"

„Sie soll uns sagen, wie wir zur Halle der Erinnerung kommen", antwortete Dusty. „Denn dort wollen wir unsere Dosis sehen, die uns so sehr fehlen."

Takito war der Unterhaltung die ganze Zeit mit wachsendem Interesse gefolgt. „Es soll ziemlich unheimlich sein hinter dem Regenbogenwald, hab' ich gehört. Ganz schön mutig von Euch dahin zu gehen.", sagte Takito anerkennend. „Genau deshalb werde ich Euch begleiten", rief Amanda Dusty sehr entschlossen zu. „Also wenn du mitgehst, will ich auch dabei sein!", sagte Takito noch bevor Dusty irgendwas antworten konnte. Dafür meldete sich Benji zu Wort: „Prima! Je mehr, umso lustiger wird es. Ach ich liebe solche Abenteuer!" Benjamin bekam direkt einen schwärmerischen Ausdruck im Gesicht.

„Jetzt komm mal wieder runter von Wolke 14 mein Guter. Schließlich wird die Sache nicht ganz ungefährlich. Ich hoffe nur, dass der ganze Aufwand sich auch lohnt!", entgegnete Einstein, die wie immer der ganzen Abenteuergeschichte skeptisch gegenüber stand. „Jetzt sei bloß kein Spielverderber." sagte Dusty ungeduldig.

„Wollen wir jetzt eigentlich hier herumstehen oder Pläne machen? Ich meine, wir haben noch viel zu tun bis es morgen losgehen kann!", rief Tiffany jetzt entschlossen. „Ich bin dafür, wir gehen zur Villa Regenbogen, futtern erst mal ordentlich und beginnnen danach mit den Vorbereitungen. - Hach, bin ich aufgeregt!"

„Tiffy hat recht", sagte Einstein zustimmend. - „Oh... und was Amanda und Takito betrifft: also ich habe nichts dagegen, wenn ihr mit uns kommt. Wie ist das mit Euch?" Einstein sah fragend zu Tiffy, Dusty und Benjamin. Die drei nickten zustimmend. „Toll, dann sind wir also jetzt die tapferen fünf!", sagte Benjamin und alle lachten.

Dusty sah fragend in die Runde. „Sind wir nicht sechs?!"

Benjamin zählte: „Einstein, Tiffany, Dusty, Amanda, Takito. Das sind doch FÜNF!"

Dusty Wiederholte „Nein, wir sind SECHS!"

Tiffany zählte auch: „Einstein, Dusty, Amanda, Takito, Benji. Benji hat Recht. Wir sind FÜNF!"

Da kam Dusty auf eine Idee: „Jeder von uns drückt seine rechte Pfote in den weichen Waldboden. Dann zählen wir die Pfotenabdrücke." Gesagt, getan. Als sie alle fertig waren, begann Benji zu zählen: „Eins, zwei, drei, vier, fünf, sechs. Dusty hat Recht!" Beim Zählen hatten nämlich Benji und Tiffany vergessen, sich selbst mit zu zählen! Und alle mussten heftig lachen.

Dreizehntes Pfötchen

Das Abenteuer beginnt

Es war noch früh am Morgen und die Sonne war gerade erst aufgegangen im Land hinter dem Regenbogen.

In der Katzenküche herrschte schon geschäftiges Treiben und unsere Abenteurer bereiteten sich für den Aufbruch vor.

Dustys Magen knurrte laut und heftig vor Hunger. Ein verführerischer Duft von frischem Fisch stieg ihm in die Nase. Und ihm lief bereits das Wasser voller Vorfreude im Mund zusammen. Er sah in die Richtung, aus der dieser wunderbare Fischgeruch kam und erblickte Ossi, der sich doch tatsächlich erdreistete, den letzten dieser saftigen Fische zu stibitzen.

„He, das ist mein Fisch! Hol dir 'nen eigenen." Dusty war richtig sauer und sah Ossi entrüstet an. Der knurrte was unverständliches in seinen Katerbart, ließ den Fisch direkt in Dustys Futternapf plumpsen und ging hoch erhobenen Hauptes davon. „Verschwinde bloß! Wenn ich es ja nicht so eilig hätte, würdest du mich jetzt aber mal kennenlernen!"

„Schluss jetzt ihr Streithähne. Ihr wisst doch, dass streiten im Regenbogenland nicht gern gesehen ist. - Und außerdem haben wir es eilig und wollen endlich los. Schließlich haben wir noch einen weiten Weg vor uns", rief Einstein laut dazwischen und machte so dem aufkeimenden Ärger ein Ende.

Nachdem alle ausgiebig gefrühstückt und ihre Morgentoilette beendet hatten, trafen sich die Abenteuerkatzen im Garten. „Kann's jetzt endlich losgehen?" Benjamin scharrte schon ungeduldig mit der Pfote. „Wir warten nur noch auf Amanda und Takito. - Ah... da sind sie ja schon. Dann lasst uns endlich aufbrechen", sagte Einstein und so machten sich sechs abenteuerlustige Katzen auf den Weg, zunächst einmal Winky die Einäugige zu suchen.

Bald erreichten sie den Regenbogenwald. Vögel zwitscherten in den Bäumen und Schmetterlinge tanzten lustig von Blume zu Blume.

Alles in allem schien es ein herrlicher Tag im Land hinter dem Regenbogen zu werden. Ein Tag, an dem alles möglich war, ein Tag, so richtig dazu gemacht, ein Abenteuer zu erleben...

Sie gingen über einen breiten Weg immer tiefer in den Wald hinein, bis sie plötzlich zu einer Wegkreuzung kamen. „Wohin jetzt?", fragte Tiffany und betrachtete aufmerksam einen Wegweiser. ‚Blaubeerweg' stand auf dem linken und ‚Brombeerpfad' auf dem rechten Schild. „Welcher ist wohl der Richtige?", fragte sie erneut. „Wenn man das nur wüsste?", sagte Amanda nachdenklich. Sie sah sich suchend um, so als ob sie nach irgendeinem Zeichen suchte, das ihnen weiterhelfen könnte.

„DA", rief sie dann laut aus und wies mit der Pfote in die Richtung, die den Blaubeerweg auswies.

„Da blinkt was!", rief Tiffany. „Lass uns nachsehen, was es ist. Vielleicht ist es ja ein Hinweis, wie es weitergeht", meinte Benji und war schon auf dem Weg, um nachzuschauen. Mit drei Sätzen war er an der Stelle, wo das Blinken zu sehen war und entdeckte einen glitzernden gläsernen Stein.

Die anderen waren im gefolgt und standen im Kreis um den geheimnisvollen Stein.

Amanda berührte ihn vorsichtig mit der Pfote. Da wurde er innen ganz klar und ein kindliches Gesicht mit langem, honigblonden Haar und großen, rehbraunen Augen sah sie freundlich an: „Willkommen! Ich habe Euch schon erwartet", sagte die Stimme leise. „Ihr seid auf dem Weg zur ‚Halle der Erinnerungen' und sucht ‚Winky die Einäugige'. Nehmt den Blaubeerpfad und folgt ihm, bis ihr zu einem See kommt. Dort müsst ihr die Tafel finden, die Euch die Überfahrt erlaubt. Ihr müsst den See überqueren. Nur so gelangt ihr zu dem Weg, der

Euch zu Winky führt. - Aber seid auf der Hut vor Minzo dem Rätselkater. Er lässt niemanden passieren, der nicht sein Rätsel lösen kann!

Und nun... viel Glück. Hoffentlich findet ihr, wonach ihr sucht."

Das Gesicht in dem gläsernen Stein verschwand und die Sechserbande war wieder allein.

„Also gut, dann lasst uns dem Blaubeerweg folgen", sagte Einstein und wandte sich zum Gehen. „Au ja! Blaubeeren... ich liebe Blaubeeren!" Und mit diesen Worten war er mit einem Satz vor allen anderen der Erste auf dem Weg. Der Blaubeerweg war, wie der Name schon verrät, gesäumt von unzähligen Blaubeersträuchern, die übervoll waren mit großen, duftenden Blaubeeren.

„Herrlich!!", rief Dusty begeistert und lief von einem Blaubeerbusch zum andern. Er futterte und futterte und war gar nicht mehr zu bremsen.

Doch plötzlich hielt er inne und sah verdutzt zu Tiffy und den anderen, die sich das Lachen kaum noch verkneifen konnten. „Was glotzt ihr denn so! Habt ihr noch nie einen Blaubeerfutternden Kater gesehen, oder was??" - „Ähem... doch, das schon, nur..." Tiffy prustete los: „Du bist so ... blau...!" „Häää? Wie meinst du denn das nun wieder?" Da betrachtete er sich im Spiegelbild einer kleinen Pfütze, die sich mitten auf dem Weg befand. „Ach du meine Güte, was ist denn das?" Er sah seine Pfoten und den Rest seines Fells an und es war tatsächlich blitzeblau. So blau wie Waldbeeren eben nun mal sind. Sein ganzes wunderschönes Fell sah aus wie eine Riesenblaubeere! „Was mach ich denn jetzt bloß? Wie kriegt man das wieder weg?" Dusty sah jetzt richtig verzweifelt aus. „Na? Bist wohl auf die Zauberblaubeeren reingefallen, wie?", sagte da auf einmal eine Stimme.

Die sechs Abenteurer drehten sich erschrocken um und sahen direkt in das rabenschwarze Gesicht von *Felix ohne Krallen*. Felix lebte schon eine ziemlich lange Zeit im Land hinter dem Regenbogen und die Gegend zwischen dem Regenbogenwald und dem Zauberberg war sein Lieblingsrevier, und deshalb kannte er sich da auch sehr gut aus. Und wenn mal wieder ein Schlemmerkater vorbei kam und den Zauberblaubeeren nicht widerstehen konnte, war das für ihn eine willkommene und lustige Abwechslung.

„Hmmm... also irgendwie steht dir blau nicht!", mit diesen Worten betrachtete Felix ohne Krallen Dustys blau gefärbtes Fell.

„Tztztz... sag mir lieber, wie ich d a s wieder wegkriege", entgegnete Dusty ziemlich ratlos.

„Nun... vielleicht weiß ich ja wie." Felix hatte mal wieder seinen Spaß. Er liebte es, wenn e r die Lösung kannte. Und er liebte es noch viel mehr, wenn er sein Gegenüber auf die Folter spannen konnte

„Nun sag schon: wie werde ich die blaue Farbe wieder los?" Dusty wurde ungeduldig und klopfte mit seiner Schwanzspitze auf den Waldboden.

„Unter einer Bedingung", antwortete Felix. „Und die wäre?" So langsam verlor Dusty die Geduld. „Du musst mir dein längstes Barthaar geben!" „Waaaaas?!" Dustys Stimme überschlug sich fast vor Entrüstung. „Du willst m e i n längstes Barthaar? Meinen Katerstolz? - Also... kann es nicht was anderes sein?"

Dusty sah ratlos von einem zum andern. Tiffany kicherte hinter vorgehaltener Pfote. Und Einstein musste sich beherrschen, um nicht lauthals loszulachen.

Takito und Amanda sahen sich nur stumm an und schüttelten ihre Köpfe.

Felix sah Dusty abwartend an. „Na... wie ist es: blaues Fell oder ein Barthaar weniger? - Liegt ganz bei dir, mein Lieber."

Ähem... also gut, also gut. Wenn es denn unbedingt sein muss!!" Er seufzte ergeben. - „Aber mach schnell, bevor ich's mir wieder anders überlege.

Felix verschwand kurz hinter einen der vielen Sträucher und als er zurückkam, hatte er eine kleine goldene Schere in der Vorderpfote.

Alle standen gespannt um Felix und Dusty herum und sahen gebannt auf das Geschehen.

Schließlich galt es in Katzenkreisen als sehr großes Opfer, das längste der Barthaare herzugeben.

Felix trat nun auf Dusty zu. „Schließ bitte die Augen und halte ganz still. - Und ihr Anderen haltet Euch an den Vorderpfoten und auf mein Zeichen sagt ihr:

> Blitzeblaues Katzenfell,
> ändre deine Farbe schnell."

So nahmen sich die 5 Abenteurer bei ihren Pfötchen. Felix erhob die Pfote, in der er die goldene Schere hielt und nickte zuerst Dusty, dann den anderen zu. Und alle sagten:

> „Blitzeblaues Katzenfell,
> ändre deine Farbe schnell."

Während sie das sagten, erhob Felix die Pfote und ... schnipp-schnapp ... das Barthaar war ab.

Und in dem Moment, wo Felix das Haar abgeschnitten hatte, nahm Dustys Fell wieder seine normale, wunderschöne Farbe an.

Alle staunten: „Uiii... wie ging das denn?", wollte Tiffany neugierig wissen.

„Das Geheimnis sind die Schere, das Barthaar und der Zauberspruch. Nur in dieser Kombination ist eine Rückverwandlung möglich."

Amanda und Takito waren auch sehr beeindruckt. „Interessant... interessant", sagte Amanda und Takito nickte zustimmend.

Dusty tastete vorsichtig in sein Gesicht, genau an die Stelle, wo ihm jetzt das Barthaar fehlte. „Also irgendwie fühl ich mich jetzt nackt. - Aber man muss halt Opfer bringen...!"

Alle lachten.

„Also... jetzt hab ich aber mal 'ne ganz andere Frage", meldete sich nun Einstein zu Wort. „Wieso heißt du eigentlich Felix ohne Krallen?" - „Ja genau!", meinten die anderen zustimmend.

„Jajaja...", seufzte Felix nun nachdenklich. „Das war eine dumme Geschichte. Aber ich will sie Euch gerne erzählen."

Vierzehntes Pfötchen

Wie Felix ohne Krallen seine Krallen verlor

„Die Menschen, bei denen ich zu Erdenzeiten lebte, hatten schreckliche Angst um ihre schönen Möbel und so. Naja... da haben sie mich zum Tierarzt gebracht und der hat mir die Krallen an beiden Vorderpfoten gezogen. – Ach, diese Menschen... Die haben ja gar keine Ahnung, was sie einer Katze damit antun.

Aber das ist nun lange her und hier habe ich sie wieder bekommen. - Nur den Namen, den habe natürlich behalten.- Und ich hab doch wirklich ein schönes Fleckchen hier gefunden, nicht wahr?" Felix begann, ausgiebig sein schönes schwarzes Fell zu putzen.

„Hmm", sagte Einstein nachdenklich. „Wirklich eine dumme Geschichte. Da hast du recht."

„Was ist denn jetzt... können wir endlich weiter, oder was?" Das war Dustys ungeduldige Stimme. „Schließlich haben wir noch was vor, oder?" „Tztztz... kaum fehlt ihm sein Superbarthaar, schon wird er aufsässig." Amanda schüttelte ihren schönen Kopf. „Aber ich finde, er hat recht. Lasst uns weiter ziehen."

Die anderen nickten zustimmend und verabschiedeten sich von Felix.

„Tschüüüss...mach's guuut!!" Und schon waren unsere sechs Abenteurer wieder unterwegs. Allen voran wie immer Dusty. „Uiii... ich schnuppere schon das nächste Abenteuer", sagte Dusty schwärmerisch. „DUSTY!!", riefen alle laut im Chor, lachten und stiefelten voller Erwartung dem nächsten Abenteuer entgegen.

Fünfzehntes Pfötchen

Das Rätsel am See der Überfahrt

Obwohl noch immer rechts und links des Weges die herrlichsten Blaubeersträucher wuchsen, hatte Dusty jede Lust an den leckeren Früchtchen verloren.

Sie waren wohl schon eine ganze Weile vor sich hingegangen, da sah Takito in der Ferne den See zum ersten Mal. „Seht doch nur... das muss der See sein, den wir überqueren müssen." rief Takito und wurde ganz aufgeregt. Sie gingen schneller und der See vor ihnen wurde immer größer.

Als sie dann am Ufer des Sees angekommen waren, blieben sie mit offenen Mäulchen wie angewurzelt stehen. „Wow", war das einzige, was Dusty herausbrachte, denn was er da sah, verschlug ihm fast die Sprache.

Da lag er nun, der große See, den es zu überqueren galt. Er schimmerte in den schönsten Regenbogenfarben und man hörte ein ständiges leises Flüstern, dass sich keiner der 6 Abenteurer erklären konnte.

„Na da seid ihr ja endlich!" Alle drehten sich erschrocken um. Sie waren so von dem Anblick gefangen, dass sie gar nicht bemerkt hatten, wie sich ihnen *Minzo der Rätselkater* genähert hatte.

Dusty fand, so wie fast immer, als erster die Sprache wieder: „Hast du uns erschreckt!!", sagte er nicht gerade sehr freundlich. „Wer bist du denn?", wollte er dann neugierig wissen und musterte den Neuankömmling mit unverhohlener Neugier.

Minzo war ein stattlicher roter Kater mit bernsteinfarbenen, freundlichen Augen.

„Ich bin *Minzo der Rätselkater* und ihr seid hier um das Rätsel zu lösen, das Euch zur Überfahrt verhilft. Hab ich recht, oder hab ich recht?!" Nun sah Minzo etwas überheblich auf die kleine Reisegruppe.

„Stimmt auffallend", antwortete Benji und tat ebenso überheblich.

„Also... dann lass mal hören!", mischte sich Einstein nun auch ein.

Minzo sah geheimnisvoll von einem zum andern, dann flüsterte er leise: „Zuerst müsst ihr *Wuppi, den weißgetupften Fisch* finden. Er schwimmt irgendwo da draußen im See seine einsamen Bahnen. Wenn ihr ihn dann gefunden habt, müsst ihr zuerst seine Schuppen zählen. Und dann seine weißen Punkte. Wenn ihr dann beides voneinander abzieht, erhaltet ihr die magische Zahl, die ihr mit dem magischen Stift auf die Zaubertafel schreiben müsst. Sie liegt verborgen unter dem *Kicherstrauch.*

Wenn ihr diese Zahl auf die Tafel geschrieben habt, löst sich der Zauberregenbogen, der über dem Boot liegt auf, und ihr könnt Euch von dem Fährkater, der euch dann erwarten wird, ans andere Ufer übersetzen lassen.

Dort wartet dann das nächste Abenteuer auf euch."

„Rechnen war noch nie meine Stärke", rief Tiffany. „Wer gibt mir die magische Zahl? ICH werde sie auf die Tafel schreiben. - Das kann ich!!", rief sie laut und reckte ihr kleines schwarzes Näschen hoch in die Luft.

„*Ich* rechne, und *ihr* zählt", sagte Einstein. „Also... sollten wir diesen getupften Flossenkumpel nicht erstmal finden?", rief Benji dazwischen. „Recht hat er!", meinte Amanda.

„Ähem... und wer von uns Hübschen springt ins kühle Nass um den Tupfi zu finden?"

Minzo seufzte laut: „Er heißt *Wuppi* und mag es überhaupt nicht, wenn man über seinen Namen oder seine Punkte lästert. - Er ist überhaupt sehr launisch!" Minzo sah mit wichtiger Miene von einem zum andern. „Denkt an meine Worte", fügte er noch warnend hinzu.

„Auch noch 'ne launische gepunktete Schwimmflosse", grummelte Dusty vor sich hin. „Das kann ja heiter werden!"

„Und… wer geht ins Wasser und sucht den Blubberfisch?", fragte Amanda erneut.

„Also ich ganz sicher nicht", rief Tiffany sofort und schüttelte sich bei dem Gedanken, dass ihr schönes Fell nass werden könnte.

Takito seufzte laut: „O.K. … ich mach's. So'n Gemaunze wegen ein bisschen Wasser!"

„Und ich geh mit!" - Das war Benji, der sich da Takito anschloss. „Zu zweit ist besser als allein", fügte er noch erklärend hinzu.

„Ich hab hier 'ne kleine Nussschale, da können die anderen mit raus auf den See."

„Klasse!", rief Dusty abenteuerlustig und mit einem Satz sprang er in das kleine Boot. - Und genau so schnell war er wieder draußen und landete mit einem Platsch im Wasser.

„Iiiiiigitt!", kreischte er laut und ruderte wie wild mit seinen Pfoten, bis er es wieder ans trockene Ufer geschafft hatte.

Alle standen da und lachten laut. „Was gibt es denn da wohl zu lachen, hä?", rief Dusty entrüstet. Da stand er nun... triefend nass und sah dabei so komisch aus, dass die anderen sich kaum beruhigen konnten.

„Einen Föhn! Ich brauche dringend einen Föhn!" - Kaum hatte er dieses Wort ausgesprochen, brach direkt über seinem Kopf ein heftiger Sturm los. Erschrocken sprangen die anderen einige Pfotenlängen zurück.

„He... was soll denn das?" Dusty war empört. Sein wunderschönes Fell wurde in Windeseile getrocknet, stand aber anschließend in alle Himmelsrichtungen, so dass er aussah, als ob er in eine Steckdose gegriffen hätte.

Minzo kicherte hinter vorgehaltener Pfote. „Ich glaube fast, jemand hat dich gehört und dir deinen Föhn geschickt", meinte er belustigt.

„Na das finde ich jetzt aber gar nicht komisch." Dusty sah richtig unglücklich in die Runde. „Seht Euch doch nur mal an, wie ich aussehe!" Und er begann eifrig, sein Fell wieder in Ordnung zu bringen.

„Ich finde, wir sollten jetzt endlich nach unserem gepunkteten Freund suchen. - Schließlich haben wir eine Aufgabe zu lösen", sagte Tiffany mit entschlossener Stimme. Takito machte sich auf den Weg zum Ufer des Sees.

Nacheinander hüpften alle in das kleine Boot, das die 6 Freunde auf den See hinaus trug. „Ich seh nix", sagte Dusty. „Ich auch nicht", meinte Benji und alle beobachteten sehr aufmerksam den See, immer in der Hoffnung, Wuppi irgendwo zu entdecken.

Aber außer den schillernden Farben des Regenbogens sahen sie zunächst nichts.

Da reckte Tiffany plötzlich ihr Köpfchen in die Höhe: „Da vorne ist 'ne Flosse!" Sie wies mit ihrem Pfötchen in die Richtung, wo sie die Spitze einer Rückenflosse entdeckt hatte. Alle sahen nun gebannt in diese Richtung und da sahen sie es auch. „Das muss ER sein", flüsterte Tiffy nun leise.

„Ist ja alles gut und schön, aber wie kriegen wir ihn jetzt dazu still zu halten, damit wir seine Punkte und seine Schuppen zählen können?" „Hmm... eine gute Frage", sagte Benji zustimmend. „Hat irgendeiner 'ne Idee?", fragte Einstein in die Runde.

Da hörten sie plötzlich ein Flüstern. Und dieses Mal konnten sie jedes Wort genau verstehen. „Ihr müsst singen!", sagte eine sehr leise Stimme. „Hää? Habt ihr das auch verstanden? Wir sollen singen?", sagte Amanda verdutzt. Die anderen nickten zustimmend.

„Also ich kann nur brummen", sagte Dusty trocken. „Und ich hab noch nic gesungen. - Noch nicht mal als ich noch eine Erdenkatze war", rief jetzt Benji entrüstet dazwischen.

Tiffy jedoch widmete sich erneut fasziniert der bunt schimmernden Wasseroberfläche und sah suchend umher. - Da war sie schon wieder, diese Stimme: „Das Lied... ihr müsst das

Lied singen. Nur dann wird er aufhören seine unermüdlichen Kreise zu drehen und innehalten, bis ihr alle Punkte und Schuppen gezählt habt. Also... singt!!"

Alle waren nun mäuschenstill geworden und lauschten auf den Klang der leisen Stimme, die tief unten aus dem See zu kommen schien.

„Aber... welches Lied sollen wir denn singen?", fragte Tiffany und starrte gebannt auf den See.

„Ihr müsst das Lied der Regenbogenkatzen singen. Nur so könnt ihr diese Aufgabe lösen", sagte die Stimme.

„Oh Gott... weiß einer von Euch wie das Lied geht?", fragte Takito mit dem Anflug leichter Verzweiflung. Die Anderen schüttelten den Kopf.

Plötzlich begann die Wasseroberfläche zu brodeln und eine golden schimmernde kleine Truhe kam aus dem Wasser.

Einstein griff nach der Truhe und holte sie ins Boot. Da begannen auf einmal unzählige kleine bunte Sterne um die Truhe herum zu tanzen und wie von Zauberhand öffnete sich die Truhe. Sie war innen mit weinrotem Samt ausgestattet und es lag eine kleine Rolle in ihr, die mit einer goldenen Schleife zusammen gehalten wurde.

Einstein nahm die Rolle vorsichtig heraus, zog die Schleife auseinander und öffnete die Papierrolle. Alle sahen wie gebannt auf das Papier.

Die Überschrift lautete: ‚Das Lied der Regenbogenkatzen‘

„Lauscht einfach auf die leise Melodie, die gleich erklingt und singt den Text, der vor euch liegt, und ihr könnt eure Aufgabe lösen."

Und wirklich, es erklang eine leise Melodie. Die 6 Abenteurer sahen auf den Text vor ihnen und sie begannen zu singen:

„Wir hier im Regenbogenland,
sind regenbogenweit bekannt.
Wir leben mit viel Freud im Glück,
schau'n nur nach vorn, niemals zurück."

„Es kommt ein Tag, den wir erseh'n,
wo du wirst an der Brücke steh'n.
Wir leben dann, das ist bekannt,
in diesem wunderschönen Land.
Bald kommst du her zu uns geflogen,
ins Land hinter dem Regenbogen!"

Nachdem der letzte Vers gesungen war, starrten alle erwartungsvoll auf den See. Und tatsächlich, da kam er angeschwommen: Wuppi, der Weißgetupfte. Und direkt vor ihrem kleinen Boot hielt er inne, steckte sein kleines Mäulchen aus dem Wasser und sagte: „Das war gut... richtig gut, wie ihr gesungen habt. Dafür sollt ihr belohnt sein. Denn wer sich Mühe gibt, wird immer belohnt. Und deshalb braucht ihr auch nicht lange zählen. Es sind 222 Tupfen und 4.987 Schuppen, um ganz genau zu sein. - Den Rest der Aufgabe müsst ihr jedoch alleine lösen. Empfehle mich!" - Und damit verschwand Wuppi in den Tiefen des Sees.

Verdutzt sahen sich die Abenteurer an.

„4.765!" Das war Einsteins Stimme. „4.765 ist das Ergebnis, oder die magische Zahl, die wir aufschreiben sollen." Einstein sah die anderen an. „Wie... das war's? Kein Sprung ins Wasser? Keiner wird nass?" Dusty sah etwas enttäuscht aus. „Gott sei Dank!", rief nun Takito und auch Benji sah ganz erleichtert aus.

Wieder am Ufer angekommen, sahen sich alle suchend um.

„Erzähl mal 'nen Katerwitz!", sagte Dusty zu Benji und grinste Katermäßig unverschämt. „Was soll denn DER Unsinn nun wieder?", rief Benji. „Er denkt, so finden wir den Kicherstrauch schneller", sagte Einstein mit einem Anflug von Spott.

Sie gingen langsam am Ufer entlang.

„Ich höre nichts, ihr etwa?", fragte Amanda in die Runde und drehte sich suchend von einer Seite zur anderen. „Hihihi", machte es da hinter Amanda. „Huch!" Blitzschnell hatte sich Amanda umgedreht und dabei schon wieder einen Busch berührt, der erneut seine kleinen, grünen Blätter schüttelte und loskicherte.

„Ha!! gefunden!!", rief Tiffany aus und als sie einen der Zweige vorsichtig auf die Seite schob, sah sie einen ovalen flachen Stein vor sich liegen. „Das muss der *Zauberstein* sein!", rief sie den anderen zu und berührte vorsichtig die Oberfläche des Steins. Ein dünner, goldener Sternenstaub löste sich von dem Stein und wie von Zauberhand lag plötzlich ein Stift auf dem Stein.

Der Sternenstaub tanzte am Ufer entlang und vor den Augen der staunenden Freunde wurde auf einmal ein Boot mit einem wunderschönen Regenbogen darüber sichtbar.

Alle bekamen große, runde Augen und kriegten die kleinen Mäulchen nicht mehr zu.

Tiffany ergriff jedoch schnell den Stift und schrieb die magische Zahl sehr sorgfältig auf den Stein.

Kaum war sie damit fertig, da sahen die 6 Freunde, wie sich der Regenbogen auflöste und den Weg zum Boot freigab. - Und da war dann auch der Fährkater, von dem Minzo gesprochen hatte. Er winkte Tiffany und den anderen freundlich zu und bedeutete ihnen, ins Boot zu steigen.

„Hallo, ich bin *Amadeus, der Fährkater*. Ich werde euch sicher auf die andere Seite bringen." - Und kaum hatten alle in dem Boot Platz genommen, ging es los und nach einer langen Fahrt erreichten sie das andere Ufer.

„So... da wären wir. Wünsche noch viel Spaß. Das nächste Abenteuer erwartet euch schon."

Sechzehntes Pfötchen

Die Geheimnisse der anderen Seite des Sees

Und da standen sie nun, unsere 6 Abenteurer und sahen ein wenig ratlos aus.

„Hmmm... hat einer 'ne Idee wie's ab hier weitergehen soll?" Dusty sah die Anderen fragend an. Benji sah sich nach allen Seiten um. So, als erwarte er, dass hinter einem Busch die Antwort hervorgesprungen kam. Aber es blieb alles ruhig. Das einzige was sie hörten, war das Zwitschern der Vögel und das Summen der Bienen und Hummeln, die eifrig von Blume zu Blume flogen.

„Nun... dann lasst uns erstmal weiter gehen. Irgendwas wird sich sicher finden!", sagte Einstein zuversichtlich, und so marschierten sie los, den langen, von Bäumen und Sträuchern gesäumten Weg entlang, bis sie schließlich zu einer Weggabelung kamen. Dort blieben sie stehen. Und wieder war da ein Wegweiser. Amanda setzte sich mitten auf den Weg und las laut: „Rechts geht's nach Schnurr-Town, links ‚zum blauen Katzengrashügel'!"

„Das klingt lecker!!," rief Dusty sofort begeistert. „Oh Mann.. der denkt wirklich immer nur ans Futtern!", sagte Takito und schüttelte den Kopf. „Na und? - ich hab halt Hunger. Ein schlauer Kopf braucht viel Fresschen!", entgegnete Dusty und sah dabei fast etwas beleidigt aus.

Während sie so dastanden und unschlüssig von einer Seite zur anderen sahen, hörten sie plötzlich aus der Ferne eine leise Stimme: „Haaallooo... so wartet doch auf mich!" Die Stimme wurde rasch lauter und sie sahen, wie ein rot-weiß getigerter Kater sehr schnell angelaufen kam. „Na Gott sei Dank hab ich euch noch erwischt!", rief er außer Atem, als er die kleine Gruppe erreichte.

„Wer bist denn Du?", fragte Dusty und sah neugierig auf den getigerten Kater.

„Mein Name ist ‚Bin-schon-da-Willi‘ und bin gerade erst angekommen hier hinterm Regenbogen. Und da höre ich, dass ihr auf großer Abenteuertour seid. Und ich liebe Abenteuer!! - Darf ich mit?“ Erwartungsvoll und mit einem großen grinsen im Katergesicht sah ‚Bin-schon-da-Willi‘ von einem zum anderen.

„Warum nicht? Je mehr, je lustiger.“ sagte Einstein und die anderen nickten zustimmend. „Also dann… herzlich willkommen Bin-schon-da-Willi!“, sagte Dusty. „Aber wir werden dich der Einfachheit halber einfach nur Willi nennen, wenn's recht ist, allerdings... sag uns doch, weshalb Du diesen langen Namen hast?“ Dusty sah Willi interessiert an.

„Tjaaa... wisst ihr, ich bin flink wie der Wind und löse Rätsel blitzschnell und so... und das hat mir halt diesen Namen eingebracht.“

Und wieder grinste Willi von einem Ohr zum andern und entblößte dabei seine makellosen Zähne, in deren oberer Zahnreihe man einen goldenen Zahn vorwitzig blitzen sah.

„Ich weiß ja nicht was ihr denkt, aber wir sollten zuerst mal nach ‚Schnurr-Town' gehen. Sicher finden wir dort auch neue Hinweise, wie's weitergeht", wechselte Tiffany das Thema. Alle waren einverstanden und so machten sie sich auf nach ‚Schnurr-Town', eine kleine Katzenstadt am Fuße des Bluegrass - Hügels, eine kleine Stadt, die bekannt dafür war, dass dort oft geheimnisvolle Dinge vor sich gehen.

Und als der Abendhimmel sich golden färbte, erreichten sie die geheimnisvolle kleine Stadt.

Siebzehntes Pfötchen

Schnurr-Town...die geheimnisvolle Stadt

Als die kleine Abenteurergruppe in Schnurr-Town ankam, herrschte überall buntes Treiben. Die breite Straße wurde von saftig grünen Bäumen gesäumt. Rechts und links waren Vorgärten, in denen die herrlichsten Blumen und Sträucher in wunderbar bunten Farben blühten. Die kleinen Häuser hinter den Vorgärten waren in leuchtenden Farben gestrichen und alles war blitzsauber anzusehen.

Es gab Bänke, auf denen überall Katzen saßen und lagen und friedlich vor sich hin dösten.

Die 7 neugierigen Katzen gingen in Richtung Ortsmitte, denn sie hatten Hunger, waren durstig und müde von dem langen anstrengenden Tag, der hinter ihnen lag.

„He... seht mal da vorne!" Tiffany deutete mit ihrem Pfötchen auf die andere Seite der Straße. Da stand es in großen, roten Buchstaben zu lesen: ‚Zur getigerten Pfote - Das Katzenbistro'. Sie überquerten die Straße und gingen hinein.

Es war viel Betrieb, aber sie fanden einen freien Tisch, an dem sie alle Platz hatten.

Eine entzückende junge, dreifarbige Katzendame kam an ihren Tisch. „Hi, mein Name ist Miss X, ich bin die Bedienung hier. Was soll's denn sein?"

„Ääh, also ich hätte gerne 'ne ordentliche Portion Fisch", sagte Dusty als erster. Tiffy und Einstein schlossen sich an. Der Rest war nicht hungrig und wollte für den großen Durst nur eine Riesenschüssel quellfrisches Wasser.

Nachdem alle satt und zufrieden waren, sahen sie sich neugierig um. Amanda sprang vom Stuhl und ging mit geschmeidig aufreizendem Gang auf den Tresen zu, wo der Chef kerzengerade auf der Theke saß und majestätisch in die Runde schaute.

„Hey Du, hast wohl hier alles im Griff, stimmt's?" Amanda war in der Zwischenzeit ebenfalls auf den Tresen gesprungen und setzte sich direkt neben den Getigerten.

Der sah sie von der Seite her aufmerksam an, musterte sie von oben bis unten. „Hmmm, ja, is wohl so. Was willste denn wissen? - Ähem, übrigens, mein Name ist Toulouse die Tigerkralle, wenn's genehm is. Und ich glaube von mir sagen zu können, dass ich über alles Bescheid weiß, was hier so ab geht, meine Liebe!" Während Toulouse das sagte, hatte er sich noch ein wenig mehr aufgerichtet, um seinen Worten den nötigen Nachdruck zu verleihen.

„Na klar doch... deshalb bin ich ja hier, denn ich brauche Deine Hilfe. Wir sind auf der Suche nach Winky der Einäugigen. Kannst Du uns einen Tipp geben wo wir sie finden könnten?" Amanda unterstrich ihre Worte mit dem schönsten Augenaufschlag, den sie zustande bringen konnte und rückte noch ein kleines Stück näher an Toulouse ran.

„Soso, die Winky sucht ihr also. Na, mal sehn, was ich für Dich tun kann, schönes Kind", säuselte Toulouse und erwiderte Amandas Augenaufschlag.

Toulouse machte eine kleine Kunstpause, bevor er mit geheimnisvoller Stimme weiter sprach.

„Ihr müsst den Hügel mit dem blauen Katzengras erklettern. Allerdings ist der Weg dorthin sehr geheimnisvoll und ihr müsst eine Aufgabe lösen, um die Spitze des Hügels zu erreichen. Winky die Einäugige erwartet euch etwa nach der Hälfte des Weges...“

„Wenn ihr dann aber oben angekommen seid, werdet ihr weit, weit ins Regenbogenland schauen können. Dann werdet ihr sie das erste Mal sehen können: Die Halle der Erinnerungen, zu der ihr unterwegs seid.“ Toulouses Stimme hatte am Schluss sehr leise und geheimnisvoll geklungen.

„Hmmm... hört sich ja richtig aufregend an!“ Amanda schenkte Toulouse ein letztes Mal ihren umwerfenden Augenaufschlag und mit einem „Danke Süßer“, sprang sie vom Tresen und eilte zum Tisch, wo sie schon mit neugierigen Blicken erwartet wurde. „Na, nun sag doch schon: was hat er denn gesagt? Weiß er wie es weiter geht?“ Dusty war richtig aufgeregt und seine

Schwanzspitze klopfte ungeduldig auf die Tischplatte, denn er war in der Zwischenzeit auf den Tisch gesprungen, um besser sehen zu können, was Amanda da vorne auf dem Tresen machte. Er war wie immer sehr interessiert.

Amanda sah in die Runde und erzählte den Freunden, was sie von Toulouse erfahren hatte. „Na dann lass uns endlich aufbrechen." Einstein sprang vom Stuhl und marschierte in Richtung Ausgang. Die Anderen folgten ihr nach draußen. „Da vorne sind Hinweisschilder. Mal sehen, wo wir lang müssen." Benji ging voran und betrachtete aufmerksam die Wegweiser. „Nach rechts, wir müssen nach rechts!", rief Tiffy und alle setzten sich in Bewegung.

„Blaues Katzengras... ich glaub, ich hab Hunger!" Dusty leckte sich erwartungsvoll sein kleines Mäulchen. „Oh Dusty, Dusty... kannst Du mal an was anderes denken? Du hast doch eben erst gefuttert." Tiffy schüttelte ihr Köpfchen und seufzte laut. Die anderen kicherten.

Nach einer ganzen Weile, sie hatten inzwischen die Stadt verlassen, wurde der Weg immer schmaler und schmaler. Sie konnten nur noch zu zweit nebeneinander her gehen.

„Ist irgendwie unheimlich hier, findet ihr nicht?", flüsterte Tiffany leise. „Ja, man könnte fast meinen, die hübschen Sträucher hier kommen uns immer näher", erwiderte Einstein und ihr Nackenfell begann sich aufzustellen.

Da rief Dusty plötzlich: „Seid mal alle still... ! Hört ihr das auch?" Die Anderen bleiben stehen und lauschten. Dann hörten sie es: einen ziemlich schrägen Katzengesang. „Ach du meine Güte! Wer oder was ist denn das?"

Tiffany hielt sich entsetzt die Ohren zu und auch Einstein war empört.

Sie sahen vor sich am Rand des Weges eine kleine Scheune, aus der der Katzenjammer kam. Benji erreichte als Erster das kleine Scheunentor und öffnete es.

Es knarrte, als er es aufmachte. Da verstummte der jämmerliche Gesang plötzlich.

Die 7 Abenteurer mussten sich erst an das Dämmerlicht in der Scheune gewöhnen. Dann sahen sie den Verursacher des Gejammers.

So ziemlich in der Mitte der Scheune saß eine rot weiß getigerte Katzendame kerzengerade aufgerichtet und sah etwas missmutig aber auch neugierig auf die Eindringlinge. „Da seid ihr ja endlich!! Hab euch schon erwartet. Ich bin Winky die Einäugige." Mit diesen Worten sah Winky majestätisch von einem zum andern. „Ihr seid also die, die auf den Blaugrashügel rauf wollen um von da aus zur Halle der Erinnerungen zu gelangen! - Gut, gut... seid ihr bereit, eine weitere Aufgabe zu lösen?"

Wie immer, fand Dusty als erster in der Runde die Sprache wieder. „Was ist mit Deinem Auge passiert?", wollte er sehr interessiert wissen ohne Winkys Frage zu beantworten.

Winky schnaubte laut und ungeduldig vor sich hin: „Das geht keinen was an und außerdem ... ich verspüre nicht die geringste Lust mit Euch darüber zu reden. Also hört die Aufgabe und macht euch auf den Weg."

„Aha... Tiefkühlschrank ist angesagt!", maunzte Benji ironisch. Das allerdings brachte ihm einen verächtlichen Blick von Winky ein, die aber ansonsten nichts weiter dazu sagte.

„Ihr müsst den Hinterausgang der Scheune nehmen und dem Weg vor euch folgen.

Er wird euch steil nach oben in Richtung Blaugraswiese führen. Aber seid achtsam, denn die letzten sechs Büsche am oberen Ende des Weges sind verzaubert. Nur wer das Rätsel lösen kann, darf hindurch.

Um also an ihnen vorbei zu kommen, müsst ihr Namen reimen. Und zwar eure Namen!! Jeder von euch muss einen Vers auf seinen Namen aufsagen."

„Auch das noch!", seufzte Dusty und rollte mit seinen schönen blauen Augen.

Winky drehte sich wort- und gruß-los um und verschwand zwischen den Sträuchern neben dem Weg.

„Na die ist ja vielleicht komisch.“ rief Tiffany entrüstet. „Und unhöflich“, ergänzte Einstein.

„Wenn ihr dann mit der Katzenbeschreibung fertig seid, könnten wir uns vielleicht mal langsam auf den Weg machen.“ Benji sah von einem zum andern und alle machten sich auf den Weg auf den Blaugrashügel.

Genau so wie Winky es vorausgesagt hatte, wurde der Weg immer steiler und enger. Es knackte und raschelte hier und da und unsere Freunde waren aufs Äußerste angespannt. Immer darauf vorbereitet, dass vor ihnen wieder eine neue Überraschung auftauchen würde.

„Ich hab Hunger!“, sagte Dusty nach einer Weile in die schweigende Runde.

„Psssst... sei still. Gefuttert wird später!“, flüsterte Einstein energisch.

„Na gut", knurrte Dusty zwischen zusammen gepressten Zähnen hervor.

Es war ein leichter Wind aufge-
kommen und die Bäume und Sträucher rauschten bei jeder Windböe. Ansonsten war es unheimlich still. Kein
Tier war zu hören. Nur das Rauschen
der Bäume und der leise Atem unserer
Abenteurer.

Dann machte der Weg eine leichte
Biegung und es war soweit: Der Weg
wurde von Sträuchern versperrt.

„Aha, da wären wir also", meinte
Dusty trocken. Benji neigte den Kopf
leicht nach rechts und sagte: „So, und
wer fängt jetzt mit dem Reimen an?"
Während er sprach, ging er langsam
und vorsichtig auf den ersten Strauch
zu. Zögernd hob er seine rechte Vorderpfote und versuchte den Strauch
zu berühren, denn er war doch sehr
neugierig.

Doch noch bevor sein Pfötchen auch nur ein kleines Blättchen des ersten Strauches berühren konnte, begann sich plötzlich ein großer bunt schillernder Regenbogen über den Busch zu spannen, der jeden weiteren Versuch einer neuen Berührung unmöglich machte.

„Huch!", rief Tiffany erschrocken und auch die Anderen waren erschrocken einige Pfotenlängen zurück gewichen.

„Also gut, ich werde als Erste mit dem reimen anfangen." Mit diesen Worten stolzierte Takito an den Anderen vorbei. Sie stellte sich vor den Busch, räusperte sich ein wenig und begann:

„Man nennt mich Takito,
ich esse gern Burrito."

Sie trat einige Pfotenlängen zurück und sah gespannt auf den Busch, doch nichts geschah.

Die anderen kicherten leise. Als nächstes trat Amanda vor den Busch:

„Ich bin Amanda,
heute hier und morgen da."

Noch immer rührte sich kein Ast bei den Büschen. „O.K. jetzt ich." Dusty trat als nächster vor

„Mein Name ist Dusty,
bin jedermanns Schatzi."

Einstein prustete los: „Du bist jedermanns Schatzi?? Ich lach mich schlapp."

„Jetzt hört endlich auf mit dem Unsinn. Wir müssen endlich hier durch." Benjis Schnurrhaare zuckten ungeduldig hin und her.

Seufzend trat nun Tiffany vor den Busch:

„Mein Name ist Tiffany,
mein Herzchen klopft so doll wie nie."

„Wie wahr, wie wahr!", meinte Dusty mit einem Katergrinsen.

Einstein war die nächste der Gruppe:

„Und ich heiße Einstein,
löse jedes Rätsel auch allein."

Willy trat nun mit einem tiefen Atemzug vor den Busch:

„Ich bin der schlaue Willybald,
mach hin, sonst wird das Essen kalt."

Jetzt brachen die anderen endgültig in schallendes Gelächter aus. Das war einfach zu viel. Bei so was konnte keiner mehr ernst bleiben. Und Willy stand da und grinste von einem Katzenohr zum andern und man konnte seinen Goldzahn sehen.

„Seid doch mal ruhig. Ich muss doch noch reimen!" Benjamin verschaffte sich Gehör.

Langsam kehrte auch tatsächlich Ruhe ein und Benji begann:

„Jetzt kommt der liebe Benjamin,
und tritt als letzter vor dich hin."

Kaum hatte er das letzte Wort ausgesprochen, begann der Boden unter ihren Pfoten zu vibrieren und ein Geräusch wie Donnergrollen war zu hören. Der Regenbogen begann sich aufzulösen und die letzten Büsche auf dem Weg schoben sich langsam zur Seite und gaben den Weg zur Spitze des Berges frei.

Unsere 7 Freunde waren ganz still geworden und sahen gebannt auf den vor ihnen liegenden Weg.

Wie üblich, setzte sich Dusty als erster in Bewegung in Richtung Gipfel. Alle folgten ihm.

Es ging nun sehr steil nach oben und rechts und links des Weges wuchs wunderbar duftendes blaues Katzengras.

Je näher sie dem Gipfel kamen, desto gespannter wurden sie alle.

Was es wohl vom Gipfel aus zu sehen gab? Konnte man tatsächlich von dort endlich die „Halle der Erinnerungen" sehen? Wie sah das Tal hinter dem Hügel wohl aus?

Die 7 Freunde hatten eine Menge Fragen.

Dann endlich war es soweit. Sie waren oben angekommen.

Alle blieben wie andächtig stehen und sahen sich mit offenen Mäulchen um.

Vor ihnen lag ein kleines Plateau, das ihnen in herrlichem Blau entgegen leuchtete. Und wie toll das duftete. Allen lief das Wasser im Munde zusammen. Ein leichter Wind wehte den intensiven Geruch des Katzengrases in die kleinen Näschen.

„Was steht ihr denn da noch herum? Lasst uns erst mal was futtern. Mmmmmh... ist das lecker." Dusty machte sich als erster über das leckere blaue Katzengras her und futterte, was das Zeug hielt. Und die anderen machten es ihm nach. Es war das reinste Schlaraffenland und sie futterten und schmatzen bis ihnen fast die Bäuche platzten von der leckeren Köstlichkeit.

Anschließend lagen sie alle im Gras, putzten sich ihre Gesichtchen und das Fell und hielten erstmal ein ausgiebiges Nickerchen.

Achtzehntes Pfötchen

Das geheime Tal hinter dem Blau-gras-Hügel

Dusty öffnete die Augen und streck-te gähnend seine Glieder. „Hey ihr Schlafmützen, es ist Zeit aufzustehen. Das Abenteuer ruft!"

„Dich vielleicht - mich nicht. Lass mich schlafen." Willy drehte sich auf die andere Seite und versteckte den Kopf im Fell.

Tiffany gähnte ausgiebig und setzte sich aufrecht hin. Auch die anderen räkelten sich und erhoben sich von ihren Nachtlagern.

Einstein war in der Zwischenzeit an den hinteren Rand des Plateaus ge-gangen und saß am Rand. Sie konnte von hier aus weit ins Regenbogenland hineinsehen und staunte. „Kommt mal her. Dass müsst ihr Euch unbedingt ansehen." Neugierig kamen die 6 Freunde näher und setzen sich neben Tiffany.

Sogar Dusty war beeindruckt über das Bild dass sich ihnen da bot.

Sie blickten über ein weites Tal über dem sich ein hauchdünner goldener Schleier langsam nach oben erhob. Darunter lagen große, herrlich bunte Felder, saftig grüne Bäume und Sträucher und ganz weit hinten am Horizont, da, wo ein prächtig schillernder Regenbogen sich riesengroß von einer Seite zur anderen spannte, blieb der Blick der 7 Freunde wie magisch angezogen haften.

Denn genau in der Mitte unter dem Regenbogen erkannten sie ein prachtvolles Gebäude, das von einem warmen Licht erstrahlt wurde.

Dieser Anblick machte Tiffany und die anderen für einen Augenblick sprachlos.

„Das muss sie sein." flüsterte Tiffany andächtig. „Sie ist ja riesengroß." flüsterte Einstein zurück. „Und so prachtvoll." sagte Amanda fasziniert.

„Wenn ihr dann mal fertig seid mit staunen, könnten wir uns vielleicht endlich mal auf den Weg machen." - Das war Benjis ungeduldige Stimme. „Finde ich auch!", pflichtete ihm Dusty bei.

„Hach... Kater!! Die haben echt keinen Sinn für Schönheit", rief Einstein kopfschüttelnd und reckte ihr Näschen in die Luft. „Du hast ja so recht!", nickte Tiffany zustimmend.

„Also, dann lasst uns aufbrechen."

Dusty und Benji gingen voran und die anderen folgten ihnen langsam.

Dieses Mal ging es bergab und unsere Freunde kamen schnell voran. Sie waren in kurzer Zeit wieder unten im Tal angekommen. - Dieses Mal allerdings auf der anderen Seite.

Unten kamen sie auf einen breiten Weg, dem sie erstmal folgten.

Das Wetter war schön und die Luft war klar und warm. Überall sah man bunte Schmetterlinge und Vögel saßen auf den Ästen der Bäume, die am Rand des Weges standen.

Es gab herrlich saftiges Gras und üppig grüne und blühende Sträucher, unter denen es immer wieder geheimnisvoll raschelte.

Dann und wann sah man einen kleinen Schatten, der flink unter den Sträuchern durchhuschte. Überall war Bewegung und es tummelten sich die unterschiedlichsten Tiere, die fröhlich und ausgelassen miteinander spielten.

Irgendwie war es hier ganz anders, als auf der anderen Seite des Blaugrashügels, wo die Sternenkatzen her kamen.

Die Abenteurer sahen sich staunend um. Überall schien es zu rascheln und zu wispern. Unsere sieben Abenteurer waren aufs äußerste angespannt und lauschten in alle Richtungen.

Und dann diese vielen verschiedenen Gerüche auf dem Waldboden.

Alle waren sehr mit Schnuppern beschäftigt, während sie sich langsam und vorsichtig voran tasteten. Und so bemerkten sie auch nicht den Schatten, der ihnen folgte, sie irgendwann überholte und sich in einem gewissen Abstand vor ihnen mitten auf den Weg platzierte.

Tiffany war am weitesten vorne. Sie schnüffelte aufgeregt den Weg ab. Dieser Geruch... das roch doch wie...

„Liiiiiieh!! - Meine Güte hast du mich jetzt erschreckt!" Tiffany sprang einige Pfotenlängen zurück und stieß dabei Dusty an, der seinerseits ebenfalls einen erschrockenen Satz in die Höhe machte. „He, was soll denn das?", rief er entrüstet. „Kannst Du denn nicht...."

Und dann sah er Toulouse mitten auf dem Weg sitzen. „Lieber Himmel... wieso erschreckst du uns denn so? Und warum in aller Welt sitzt du hier mitten auf dem Weg rum?"

Dusty musterte Toulouse ungeduldig. „Weißt Du denn nicht, dass wir es eilig haben?", rief er laut. Nun waren auch die anderen näher gekommen und versammelten sich um den noch immer stumm da sitzenden Toulouse.

„Na, ich will mit! Was für 'ne komische Frage ist denn das! Hab' nachgedacht und beschlossen, dass ich auch die Halle der Erinnerungen sehen möchte. Wer weiß... vielleicht erfahre ich auch was über meine Zweibeiner!"

„Deshalb brauchst du dich aber nicht so an uns ran zu schleichen!" sagte Tiffany entrüstet. Sie konnte Überraschungen noch immer nicht so recht leiden.

„Also dann lasst uns jetzt endlich weiter gehen." rief Einstein ungeduldig. Die anderen nickten zustimmend und weiter ging es, immer weiter dem Waldweg folgend.

Sie hatten kaum bemerkt, dass der Weg ganz leicht anstieg und so waren sie um so überraschter, als sie nach einer leichten Kurve plötzlich vor sich auf das Ende einer Schlange stießen. Sie sahen, wie lang sie war. Katze um Katze wartete in dieser Schlange geduldig darauf, dass es weiter ging. Sie alle hatten das gleiche Ziel wie unsere acht Freunde: die Halle der Erinnerungen. Und da war es wieder, dieses

Flüstern. Und nun sahen unsere Abenteurer auch woher es kam. Es waren all die vielen Katzen, die hier so geduldig warteten.

„Wieso flüstern hier eigentlich alle?", sagte Dusty laut. „Psssst!", sagte die unmittelbar vor ihm sitzende Kätzin. Es war eine schildpattfarbene Schönheit mit bernsteinfarbenen Augen. „Sei doch leise. Fühlst Du denn nicht die besondere Stimmung die von diesem Ort ausgeht?", sagte sie leise. Tiffany, die näher gekommen war, lauschte und setzte sich dann andächtig in die Reihe der wartenden Katzen. „Sie hat völlig recht", sprach sie leise.

Eine ganz besondere Ruhe und ein großer Frieden ging von diesem Ort aus, der ganz allmählich auch die anderen ergriffen hatte.

„Oh, ich bin ja so aufgeregt!", rief Tiffany. „Bald kann ich Frauchen und Herrchen sehen. Was sie wohl machen und wie es ihnen jetzt geht? Ach - ich vermisse sie ja so. - Immer noch!", flüsterte Tiffy aufgeregt. „Ja, wir werden in die geheimnisvollen Spiegel sehen dürfen. Was wir da wohl alles sehen werden?", meinte auch Amanda nachdenklich.

Während sie sich unterhielten, kamen sie langsam voran. Dusty warf einen Blick über das Tal, das vor ihnen lag und über das man weit hinweg sehen konnte, bis hin zur Halle der Erinnerungen.

Ein riesiger Regenbogen spannte sich über die Halle, in den schönsten und kräftigsten Farben, die man sich nur vorstellen konnte. Und in der Mitte stand sie. Eine große Halle mit einem goldenen, kuppelartigen Dach, auf dem eine große goldene Katzenfigur thronte. Sie sah beeindruckend und irgendwie majestätisch aus, wie sie weit ins Land hinein zu sehen schien.

Die ganze Halle war von einer Art goldenem Sternenstaub umgeben, was sie seltsam unwirklich erscheinen ließ.

Langsam kamen sie der großen Halle näher. Und je näher sie kamen, desto mehr Unruhe machte sich unter den Wartenden breit.

Neunzehntes Pfötchen
Die Halle der Erinnerungen

Und dann erreichten sie den Ort, nach dem sie so lange auf der Suche waren: Die Halle der Erinnerungen. Doch was sie dort erwartete, war ganz anders als sie alle sich das je erträumt hatten. Ein tiefer Frieden ging von diesem Ort aus. Ergriffen hielten sie am Eingang inne: „Fühlst du auch dieses tiefe Gefühl der Ruhe und des Friedens?" Tiffany sah Dusty an. „Hmmm... ist schon irgendwie besonders, da hast du wohl Recht. Aber jetzt lasst uns hinein gehen. Ich bin neugierig was uns drinnen erwartet", antwortete Dusty ungeduldig. Und ohne weiter abzuwarten ging er allen voran hinein.

Kaum dass sie eingetreten waren, hielten sie erneut inne. Sogar Dusty verschlug es die Sprache: vor ihnen tat sich eine Halle von unendlicher Größe auf. Soweit sie auch schauten wimmelte es von Katzen aller Art und Größe. Es herrschte überall überschwängliche Freude.

Und auf einmal verstanden Dusty, Tiffany und alle Freunde und Weggefährten, die sie auf ihrer Reise begleitet hatten, das ganz Besondere an diesem Ort, den alle die Halle der Erinnerung nannten: Hier trafen alle ihre geliebten Menschen wieder, die sie einst auf Erden zurück lassen mussten.

Tiffany und Dusty saßen da und sahen mit aufgestellten Ohren und großen Augen, wie sich alle umarmten, drückten und herzten. Sie waren so fasziniert von dem Anblick, dass sie es fast überhört hätten …

„Dusty, Tiffany!" Da hatte doch jemand ihre Namen gerufen? Die beiden sahen sich mit weit aufgerissenen Augen an. Diese Stimme kannten sie doch nur zu gut. Dusty drehte sich um und traute seinen Augen kaum: vor ihm standen Frauchen und Herrchen! Auch Tiffany hatte sie inzwischen bemerkt und die beiden rannten wie der Blitz auf ihre Menschen, die sie so unendlich lange vermisst hatten zu.

Frauchen drückte und küsste Tiffy und Dusty und auch Herrchen lachte und scherzte mit den beiden Fellnasen. Die Wiedersehensfreude kannte auf beiden Seiten keine Grenzen.

Ja, das Besondere an der Halle der Erinnerungen waren nicht nur die Erinnerungen an die Liebsten die man auf Erden zurück lassen musste, sondern dies war der Ort an dem man sie wieder traf. Ohne es zu merken waren sie auf ihrer Reise im Kreis gelaufen und nun am anderen Ende der Regenbogenbrücke gelandet, wo sich alle wieder trafen und für immer glücklich vereint wurden: in der Halle der Erinnerungen!

„Letztes Pfötchen und Ende der Regenbogengeschichte!"